골렘의 장인

골렘의 장인 4

초판 1쇄 인쇄일 2016년 9월 19일 | **초판 1쇄 발행일** 2016년 9월 21일

지은이 러트렐 | **펴낸이** 곽동현 | **담당편집 팀장** 이범수
편집부 신연제 이윤아 홍현주 김유진 임지혜

펴낸곳 (주) 조은세상 | 출판등록 제 2002-23호
주소 경기도 연천군 미산면 청정로 1355
TEL 편집부 02)587-2966 | FAX 02)587-2922
e-mail bukdu@comics21c.co.kr

ISBN 979-11-5832-652-4 | ISBN 979-11-5832-539-8(set) | 값 8,000원

골렘의 장인

러트렐 현대 판타지 장편소설

NEO MODERN FANTASY STORY & ADVENTURE

Golem's 匠人

4

CONTENTS

골렘의 장인

Golem's
匠人

1. 요새(2)

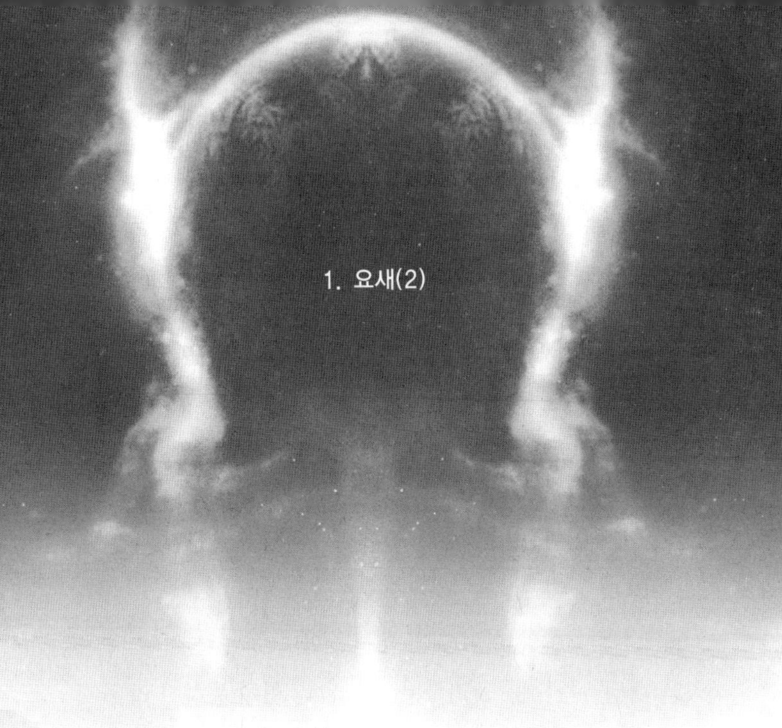

1. 요새(2)

퍼-엉!

인형의 머리가 터져나갔다. 장기가 들어있지 않은 인간형태의 '골렘'이기 때문에 피나 장기의 파편이 튀진 않았다.

대신 골렘의 몸체를 구성하고 있던 아르실라의 파편이 점토처럼 변해 벽에 치덕치덕 묻어 흘러내렸다.

"또 실패군."

대혁이 말했다. 대혁은 지금 오천락의 골렘을 반복해서 만들어내고 있었다. 벌써 세 번째 시도였다.

만드는 데까진 무리 없었다.

그런데, 지구의 관리자 '에인드리온'에 대한 질문을 꺼내고, 오천락이 그에 대한 답을 하려고 하면 저렇게 골렘의 머리와 몸이 터져나갔다.

"금제가 걸려 있어."

뒤에서 지켜보고 있던 파모라가 말했다. 그녀는 다 먹은 감자칩 봉지를 아무데나 던지고 손에 묻은 양념을 쪽쪽 빨며 말했다. 그리고 손짓을 한번하자 감자칩 봉지가 화르륵 타올라 재도 남기지 않고 사라졌다.

그 묘기를 보며 대혁이 고개를 끄덕이곤 대답했다.

"방법이 없겠나?"

"금제를 푸는 거?"

"그래."

"글쎄… 살짝 살펴보긴 했는데 아마 무리일 거야. 보통의 마법과는 궤를 달리하는 금제라 내 힘이 통하진 않을 것 같아."

파모라는 마법의 대가다. 마법에 관해서는 절정에 올랐고 대혁보다 훨씬 능숙하다. 그런 그녀가 그리 말한다면 그런 것이다.

"아마… 에인드리온 본인이 직접 걸어놓은 금제가 아닐까 싶은데."

"에인드리온에 대한 정보는 그럼 내가 직접 찾아보는 수밖에 없는 건가."

오천락을 포획한 이후, 골렘화를 통해 손쉽게 정보를 취득할 수 있을거라고 생각했는데 착각이었다. 설마 이런 금제가 걸려있을 줄은 몰랐다.

'하긴… 한 행성의 지배자, 길가메쉬와 동등한 힘을 가졌다고 한다면 이 정도 힘을 지니고 있다고 해도 전혀 이상한 일이 아니지.'

골렘으로 몸을 바꿔도 금제가 따라온다는 것은 육신이 아닌 영혼에, 한 인간 객체의 근원에 대해 걸어놓은 금제라는 의미였다.

그 근원에 접근한다는 것은 신에 필적하는 능력자인 행성의 지배자이기 때문에 가능한 것이고.

한마디로 쉽게 상상하기 힘든 초월적 마법력이 동원된 것이었다.

대신 이 시점에서 대혁은 에인드리온의 능력이 길가메쉬 같은 무투파가 아니라 마법에 관련된 능력을 사용하는 인물이라는 것이 바로 그것이었다.

대혁은 오천락(?)의 잔해를 내려다보며 중얼거렸다.

"그냥 골렘으로 만들어서 그 힘을 이용하는 게 최대겠군. 정보를 얻을 생각은 접어야겠어."

그래도 오천락의 힘을 그냥 낭비하긴 아까웠다. 홍콩에서 있었던 그와의 싸움에서 골렘과 전략을 적절하게 이용하지 않았으면 위험한 순간이 찾아올 뻔 했었다.

"뭐, 지금이라면 그때보다 훨씬 손쉽게 잡을 수 있겠지만."

한 달 전인 그때와 지금의 대혁은 눈에 보일정도로 힘의 차이가 많이 났다.

영종도. 태국. 홍콩.

연이은 사건들의 해결로 헌터로서 대혁의 위치는 한층 격상된 상태였다. 많은 권리가 보장된 협회소속 헌터가 아닌, 그저 '일반헌터' 일 뿐이었지만 그 명성덕에 그 이상의 것들을 누릴 수 있었다.

예를 들면 스폰이나, 협찬광고 등의 제의가 물 밀 듯 들어오는 것이다.

어차피 자니 누엔을 통해 넘쳐나는 돈을 얻게 된 대혁이 딱히 스폰을 물 필요는 없었다.

자니 누엔의 자산규모는 수천억 달러 규모였다. 당장 한국에서 따지면 10손가락 안에 들어가는 대부호인 것이다.

적어도 돈이 아쉬워서 스폰을 받아들일 이유는 없다.

스폰이나 협찬광고 등의 제의는 귀찮을 뿐이었지만 유명해진 이후 대혁의 마음에 드는 것이 하나 있었다. 바로 자동 사냥 골렘을 돌릴 수 있도록 협조해주는 던전 소유자들이 많아졌다는 것이었다.

이는 대혁에게는 큰 이득이었다. 원래 대혁은 전성업이 내어준 7곳의 던전과 자신이 공략한 이촌역 던전 등 10곳 미만의 던전에 어뷰징 봇이라고 할 수 있는 골렘을 돌렸다.

이 골렘들이 사냥을 하는대로 대혁은 성장을 거듭하고 있었다. 일정시점이 지나자 성장세가 둔화되긴 했지만, 본인이 직접 움직이지 않고 골렘만으로 성장할 수 있다는 것은 대단한 메리트다.

누가보면 사기라고 할 만한 능력이었다. 그리고 이러한 능력은 실제로 사기적인 것이다.

현재 대혁은 한국에 있는 던전 100여곳에 자신의 골렘을 가동하고 있다.

10군데남짓 돌리던 때에 비해 10배가량에 달하는 경험치가 들어온다. 둔화되었던 성장세도 다시 가파르게 치솟아 오르고 있었다.

아직 노바틱 행성에 있던 시절, 완성형의 대혁에 비하면 턱 없이 모자르긴 하지만, 이런 성장세를 유지하면 머지 않아 그 시절 대혁의 힘을 순조롭게 되찾을 수 있을 걸로 판단되었다.

이 골렘들은 던전 내부를 돌며 경험치뿐만 아이템을 긁어모으고 있었다.

고티어의 던전이 아니라 레어, 유니크, 에픽 등급의 아티팩트는 얻을 수 없었지만 그래도 쓸 만한 아이템들은 계속해서 모을 수 있었다.

"그나저나 아직 그놈들 소식이 없네? 레버넌트를 찢어놨으니 뭔가 소란을 일으킬 줄 알았는데…."

파모라가 말했다. 지금 지구에있는 여섯 대륙중 네곳에는 거대한 블랙헌터의 집단이 똬리를 틀고 있었다. 그 중 한 곳. 아시아 지역의 레버넌트는 한달 전 대혁이 궤멸에 가까운 타격을 입었다.

머리를 비롯한 수뇌를 잃은 레버넌트의 조직은 자중지란을 겪으며 해산된 것으로 언론에 보도되고 있었다.

하지만 레버넌트 하나가 해체되었다고 지구에 안녕이 찾아온 것은 아니었다. 대륙별로 레버넌트와 같은 조직이 세 곳이 더 있다.

북아메리카. 팬텀.

유럽. 스펙터.

오세아니아. 레이쓰.

세 대륙에 있는 조직은 레버넌트보다 한층 더 위험한 것으로 판단되는 조직이었다.

레버넌트가 궤멸된 이후로 대혁은 이 세 조직이 야욕을 드러내며 더욱 날뛸 것으로 생각했는데 이는 대혁의 착오였다.

세 조직은 오히려 더 깊숙이 숨어들어갔다.

그들이 대놓고 활개를 치면 대혁은 모습을 드러낸 그들을 하나하나 박살낼 생각이었지만, 물밑으로 아예 숨어들어간 그들을 찾는 일은 대혁으로서도 쉽지 않은 일이었다.

애초에 대혁이 아니었더라도 헌터협회의 존재가 블랙헌터들을 잘 견제하고 있는 상황이었다.

그런 상황에서 대혁이라는 크나큰 위험군이 나타나자 세 조직은 일단 음지에서 더 힘을 기르기로 하고 숨어들어간 것이라고 대혁은 생각했다.

"그들이 힘을 하나로 뭉친다면 좀 골치아파질 수도 있겠어."

대혁이 말했다. 파모라는 허공에 둥둥 떠 있는 상태였다. 대혁의 새로운 공방은 끝도 없이 넓었다. 파모라는 그 넓은 공간을 자유롭게 유영하다가 대혁의 말에 고개를 끄덕였다.

"그 말이 맞아. 백짓장도 맞들면 낫다고 아무리 약골들이라도 뭉치면 좀 위험해지겠지."

그들의 힘을 백짓장에 비유하는 것은 맞지 않지만 어쨌든 파모라가 그렇게 대답했다.

"더군다나 지구의 지배자가 가세한다면…."

세 조직은 지구의 지배자 에인드리온이 뿌려놓은 끄나풀이다. 그들을 통해 에인드리온은 지구완전정복의 야욕을 뿌려대고 있는 것이었다. 그러니 그들을 건들면 당연히 에인드리온이 나설 수 밖에 없다.

"지금은 여유를 부릴 때가 아니야."

대혁이 말했다.

그는 다시 오천락을 골렘화 하기 위해 재료를 꺼내다가 아르실라가 부족한 것을 알아챘다.

"테르실을 써야겠군."

테르실.

아르실라와 비슷한 성질을 가진 금속이었다. 골렘으로 가공하기에 적당한 성질을 가졌으며 아르실라처럼 영혼이나 마나를 담는데 특화된 금속이다.

대혁의 골렘이 수거해온 재료였다. 희귀하고 특수한

재료라 많은 양은 아니었지만 오천락을 골렘으로 만들기엔 충분했다.

그리고 테르실은 형태변화에 더욱 민감하게 반응할 수 있는 금속이라 형태변화의 정점인 형주라는 능력을 가진 오천락을 골렘화 하기엔 더없이 적당한 물질이기도 했다.

파모라가 사용하는 강령술의 도움을 받아 대혁은 즉시 오천락의 제작에 착수했다.

그대로 한나절정도가 흘러 대혁은 오천락의 골렘을 완성할 수 있었다.

오천락이 천천히 눈을 떴다. 그리고 작은 기계음이 들리는 널찍한 대혁의 공방을 대충 둘러보더니 입을 열었다.

"여긴…?"

"반갑다. 오천락."

"…대체 무슨 상황인지 모르겠네."

"넌 내 골렘이 됐고, 이젠 내 쪽에 서서 싸워야 하는 상황이라고 얘기하면 간단히 설명이 될 것 같나?"

"……."

오천락은 믿기지 않는다는 듯이 자신의 몸을 내려다 보았다. 그의 몸은 나체였다. 팔, 다리, 몸통. 얼굴은 거울이 없어 볼 수 없었지만 몸만 대충 둘러보아도 알 수 있었다.

이건 그 전의 자신의 몸이 아니다.

분명히 정밀하게 구현된 하나의 신체였지만 오천락이라는

인간이 가지고 있던 몸이 아닌 것이다.

그럼에도 한가지 특이한 것은 마치 이 몸이 처음부터 자신의 몸이었던 것처럼 익숙하게 느껴진다는 것이었다.

"흉하니까 뭣 좀 입어."

대혁의 뒤에서 부유해있던 파모라가 말했다. 그녀의 말에 대혁은 간단한 옷가지를 오천락에게 건네줬다.

오천락은 옷을 받아 입고 말했다.

"이것이 네 기술… 인가?"

"그래."

"무토 요시노리와 종현량 역시 이것으로 네 편으로 만든 것을 진작에 알고 있었다만… 막상 내가 당하게 될 줄은 몰랐군."

"심정이 어떤가?"

"글쎄. 색다르군."

오천락은 딱히 처음부터 대혁에게 적의를 느끼고 있진 않았다. 하지만 자신의 동생 롬 히들스턴이 대혁에게 죽은 순간, 그를 찢어 죽여버리고 싶은 살의를 느꼈다.

그리고 그 살의는 오천락이 죽기 직전까지 계속되었다. 근데 대혁의 골렘으로 다시 만들어진 지금은 그에 대한 살의가 씻은 듯이 사라져 있었다.

감정과 의식이라는 것이 이렇게 쉽게 변하는 것은 말이 되지 않는다. 이것은 대혁의 골렘기술이 영혼에 직접 간접하는 기술이라고밖에 평할 수 없는 것이었다.

영혼에 조작을 가해 적군을 단숨에 아군으로 만들어버리는 능력.

마치 에인드리온과 같다. 그의 부하로 살기로 결심한날 받았던 정신금제(精神禁制).

대혁의 골렘기술은 그의 마력과도 일맥상통한 부분이 있는 것이다.

"사실 널 골렘으로 만든 것은 이게 처음이 아니야."

"그게 무슨 소리지?"

"네 기억엔 없겠지만 널 죽인 후, 지금까지 몇 번 더 널 골렘으로 만들었지. 그리고 에인드리온에 대한 질문을 던지는 순간 너의 몸이 산산이 터져나갔어."

"그럴 수밖에. 나의 정신은 그의 지배를 받았었으니까. 아마 그의 영향이 맞을 것이다."

하지만 지금은 그런 금제가 대혁의 힘으로 조금씩 완화되어가고 있는 것이 느껴졌다. 이대로 대혁의 영향권 아래 계속 지내다보면 금제가 풀릴수도 있겠다고 오천락은 생각했다.

"하여간… 이제 넌 내 사이드야. 그리고 우리의 목표는 지구를 원상복귀하는 것이다."

오천락은 어깨를 으쓱했다. 적이었는데, 이젠 동료라고 부르는 것이 당연하게 받아들여졌다. 이질적인 상황이지만 그에게 동료애가 솟구쳐 오르고 있었고, 그것이 조작된 것이라고 해도 마음에서 우러나오고 있으니 어쩔 수 없는 상황이었다.

"무슨 얘기인지 알았다."

오천락이 말했다. 싱거울정도로 가벼운 회유였고, 승락이었다.

"그럼 일단 들어가 있어. 파모라. 좀 안내해주겠어?"

대혁이 말했다. 이 공방엔 최신시설의 숙박시설 역시 마련되어 있었다.

파모라의 뒤를 따라 오천락이 사라졌다.

◆

대혁이 자나누엔의 도움을 받아 태평양의 한 섬에 건설한 이 곳은 단순한 공방이 아니었다.

대혁은 이곳을 요새화 시키고자 마음먹었다.

노바틱행성에 있을 당시에도 대혁에겐 거대한 요새가 하나 있었다.

잉칼리움.

노바틱의 언어로 고독한 성채라는 이름의 거대한 성에는 대혁, 그리고 10명 남짓의 인간을 제외하고 사람이라곤 눈씻고 찾아볼래야 찾아볼 수 없었다.

대신 그곳에는 골렘이 득시글 거렸다. 온갖 다양한 종류의, 대혁이 만들어낸 골렘.

그 숫자가 이루 헤아릴 수 없을만큼 많았고, 골렘 하나하나의 전투력은 소드마스터급의 실력을 가진 기사와도 맞먹었기 때문에 대혁과 잉칼리움은 전대륙에서도 절대로 '건드리면 안되는 존재' 로 통했다.

오죽하면 전대륙의 최강국가 헬스츠 제국의 황제가 먼저 대혁에게 화친을 청했을까.

대혁은 왕이 아니었지만 왕 이상의 막강한 권력을 쥐고 있는 인물이기도 했던 것이다.

물론 대혁은 권력을 쥐고 마음껏 휘두르는 것을 좋아하는 성격이 아니다.

단지 그가 가진 '힘' 이 그를 그런 위치에 올려놓은 것이었다.

대혁은 그런 힘의 상징과도 같던 '잉칼리움' 같은 요새를 이곳 태평양의 섬에 만들 생각이었다.

요새를 만들기 위해선 요새를 지킬 병사가 필요하다. 이는 지금도 양산되고 있는 골렘이 대체할 것이다. 그리고 새로이 제작에 들어가 있는 여러 병기형 골렘들. 역시 요새를 요새화하는데 큰 도움이 될 것이었다.

대혁은 자동화시스템으로 이러한 병기부터 골렘을 모두 만들어내고 있었다.

먼저 만들어놓은 골렘이 공정이 비교적 간단한 다른 골렘들을 만들어내는 식으로, 지금 이 섬에는 대략 3천기 가량의 골렘이 벌써 만들어져 있었다.

"슬슬 구색을 갖춰가고 있어. 이제 다른쪽으로 신경을 돌려볼까."

대혁은 그동안 내팽개쳐두다시피 했던 상태창을 열어봤다.

[네임:우대혁]
-레벨:94
-직업:골렘 마이스터
-능력치:(근력450/체력384/지력390/마력950)

처음 능력치에 비하면 능력치의 단위자체가 달라져 있었다.

"어떻게 힘을 쓰느냐니까."

진정한 고수간의 싸움은 단순히 힘의 고하가 아니라 작은 기술의 차이에서 나온다. 대혁은 자신의 직접전투에 관한 능력을 더 키울생각이었다.

"위업상점."

대혁은 위업상점도 호출해보았다. 위업상점은 그 전보다도 훨씬 많은 종류의 아이템들을 포괄하고 있었다.

위업상점의 특징중 한가지는 대혁이 강해질수록, 구매할 수 있는 아이템의 범위가 넓어진다는 것이었다.

강해져서 자격을 얻을수록 더 많은 권한을 부여받는다.

행성의 지배자와 같은 힘을 가졌던 그때의 대혁만큼 강해지면 이 위업상점의 활용도는 훨씬 높아질 것이 자명했다.

"흠… 쓸만한 게 뭐 없을까."

대혁은 위업상점에서 '마나스톤' 카테고리에 가 보았다.

위업포인트는 누적포인트가 벌써 수십만이 넘게 쌓여있었다. 웬만한 아이템은 아깝지 않게 구매할 수 있을 정도였다.

안그래도 최근에 골렘의 동력원으로 사용하는 '마나스톤'이 꽤 필요했다.

지금은 던전에서 공수하는 마나스톤으로 골렘을 만들고 있었지만 그렇게는 효율이 떨어진다.

던전에서 채취하는 마나스톤은 모두 같은 양의 마력을 품고 있는 것이 아니다. 높은 마나를 품고 있는 마나스톤이 있는가 하면 상당히 낮은 마력수치를 품고있는 마나스톤도 있다.

같은 골렘이라도 마나함량이 높은 마나스톤을 끼워넣어야, 활동시간도 훨씬 길어지고, 여러모로 이점이 많다.

헌데 어떤 골렘은 마나함량이 높은 마나스톤을 끼워놓고, 어떤 골렘은 마나함량이 적은 마나스톤을 끼워넣는다면 활동시간등 고려해야할 사항이 많아진다. 그래서 전투가 장기화되면 모두 같은 함량의 마나스톤을 끼는 편이 유리하다.

지금까지는 물론 대혁이 같은 종류의 골렘에겐 같은 함량의 마나스톤을 끼워넣었지만 골렘의 생산량이 점점 생산량이 많아지고 있는 지금은 그런 공정이 벅차지고 있는 것이다.

"위업상점은 이럴 때 이용하라고 있는 건가."

생각보다 마나스톤을 구매할 수 있는 위업포인트가 저렴했다.

이 정도면 앞으로 대량생산하는 골렘들은 위업상점에서 구매한 마나스톤으로 만들 수 있을 정도다.

대혁은 만족스럽게 고개를 끄덕였다.

대혁은 다음으로 무기 카테고리를 둘러보았다. 예전에 보았을때보다는 훨씬 쓸 만한 무기들이 잔뜩 보였다.

대혁은 애병으로 사용할만한 무기를 골라보다가 인기척을 느끼곤 고개를 들었다.

"열중이시군요."

무토 요시노리였다. 대혁의 앞으로 걸어온 그가 말했다. 대혁은 반갑게 그를 맞이했다.

"아, 마침 잘 왔어."

"……?"

"따라와봐."

대혁은 무토 요시노리의 어깨를 툭툭치고 앞자서 나갔다. 무토 요시노리가 그 뒤를 따랐다.

◆

요새의 3층 한 쪽에는 대련실이 마련되어 있다. 충격을 흡수할 수 있는 합성 경감재가 바닥 중앙에 가로 세로

4mX4m 크기의 사각형으로 깔려 있었고, 거치대엔 여러 종류의 무기들이 놓여 있었다.

사각의 경감재 바깥으로는 고운 흙이 깔려 있었다.

마치 동양적인 무술영화에서 볼 법한 연무장같은 분위기를 자아내는 곳이었다.

대혁은 이곳의 이름을 심플하게 연무관이라고 지었다.

"다짜고짜 여기는 왜…?"

무토 요시노리가 의문을 표했다. 연무관은 무토 요시노리도 자주 찾는 곳이었다. 그는 일본에 있을 때도 이런 장소에서 많은 수련을 했다.

"신체능력을 좀 키워보기로 했어."

"신체능력이요?"

"그래. 골렘에만 의지하지 않고, 맨몸일때의 전투력도 어느정도 평균치를 올려놓으려고."

"…맨 몸으로도 충분히 잘하시지 않나요?"

무토 요시노리가 말했다. 그 말은 사실이었다. 대혁의 신체능력은 맨몸의 전투능력만 놓고본다고 해도 웬만한 S급 헌터를 찜쪄먹는 수준이었다.

인간으로 S급헌터를 가볍게 이길만한 실력. 사실 진짜 힘은 골렘이라는 것을 생각해봤을 때 이는 심히 불공평하다라고 느껴질 수밖에 없는 강함이다.

하지만 대혁은 그 정도에서 만족하지 못했다.

"글쎄. 강하다고 해도 그건 평범한 헌터의 기준이겠지.

내가 싸워야 하는 상대는 평범한 헌터가 아니야."

"그건 그렇죠."

무토 요시노리가 고개를 주억거렸다. 대혁이 맞상대 할 생각을 품고 있는 것은 지구의 지배자 에인드리온이다.

에인드리온은 무토 요시노리조차 단 한 번도 본적이 없는 패자였다.

하지만 그의 힘은 알음알음 전해듣거나 상상을 해본적이 있다.

초월적인 막강함.

그런 에인드리온을 상대하기 위해선 상식을 넘는 강함이 필요한 것 도 사실이다.

하지만… 그런 강함을 꼭 육체를 통해서 이룰 필요는 없다. 이미 대혁은 골렘으로 충분히 경지에 오른 초강자가 아니던가.

"특별한 이유가 있나요?"

"무슨?"

"육체를 단련하시려는거요."

"그냥, 내 공격수단을 확충해 놓으려는 거야. 딱히 가만히 있는 다고 모든 게 해결되는 게 아니잖아."

그 말이 맞다.

복싱의 정점에 오른 선수라도, 그라운드와 킥공격을 겸비해서 덤벼드는 종합격투기 선수로 상대로는 어려운 싸움을 펼칠수 밖에 없다.

공격할 수 있는 수단을 여러개 더 장착한다는 것은, 그만큼 상대를 제압할 수 있는 확률도 올라간다는 것이다.

"그럼 여기에 저를 데리고 온 이유는… 저를 연무상대로 쓰려함이겠군요."

"정확히 봤어. 왜? 싫어?"

"싫긴요. 최선을 다해서 상대해 드리죠."

무토 요시노리가 웃으며 말했다. 대혁은 깍지를 껴 몸을 풀었다.

"그거 고맙군."

◆

"헉… 헉…."

대혁은 거칠게 숨을 몰아쉬며 바닥에 주저앉았다.

지금 골렘을 제외한 대혁의 신체능력은 무토 요시노리를 충분히 상대할 정도가 된다. 아니 되고도 남는다.

하지만 같은 신체능력이라고 해도 사용하는 사람의 숙련도에서 차이가 난다.

무토 요시노리는 묘한 미소를 띠고 대혁을 내려보았다.

"미치겠군."

"그때와는 다르죠."

무토 요시노리가 웃으면서 말했다.

무토 요시노리의 일본도장에서, 대혁은 순간적인 기지를

발휘해 무토 요시노리를 땅위에 무너지게 한적이 있었다.

하지만 지금은 대혁의 손이 무토 요시노리에게 닿지 못하고 있었다. 대혁이 공격을 하려고 하면 무토 요시노리는 힘도 들이지 않고 부드럽게 피하거나 쳐냈다.

물론 그때와 달리 기공을 사용하지 않기로 하고 순수한 몸의 힘만 가지고 겨루는 중이었기 때문에 실제 생사고투를 한다면 이렇게 일방적인 상황이 펼쳐지진 않을 테지만, 그래도 한 번도 공격을 성공시키지 못하는 것은 대혁으로서도 충격이었다.

"힘이나 속도만 가지고 우격다짐으로 밀어붙이는 방식은 낡은 방식입니다."

확실히 무토 요시노리는 레버넌트 가운데에서도 무술을 가장 극의까지 깨우친 사람이다. 신체를 가장 효율적으로 사용할 줄 아는 만큼 같은 힘을 사용한다고 해도 무토 요시노리가 사용하면 적재적소에 힘을 응용할 수 있는 것이다.

"후… 그 정돈 나도 알고 있다고."

대혁은 한숨을 내쉬었다. 몸의 힘을 풀고 쉬는 척하다가 갑자기 주먹을 뻗었다. 그러나 회심의 기습도 실패했다.

오니켄이 머리를 살짝 숙여 공격을 피해낸 것이다.

오니켄은 그 상태로 대혁의 품안으로 파고 들었다. 그리고 어깨로 대혁의 몸을 밀쳐냈다.

"큭."

대혁의 몸이 그대로 밀려 뒤로 넘어졌다. 일본에서 대혁이 무토 요시노리를 눕혔던 공격과 비슷한 방식으로 당한 것이다.

"완패다."

대혁은 허허롭게 웃으며 패배를 인정했다. 송골송골 전신에 땀이 배어나왔다.

무토 요시노리는 인자하게 웃으며 대혁을 내려보았다. 무토 요시노리는 자신의 관장을 운영했었고 수 없는 제자를 거뒀다. 그랬기 때문에 이러한 상황 역시 익숙했다

마치 제자를 기르고 있는 듯한 아련한 감정이 느껴졌다. 더군다나… 우대혁은 자신이 거둬봤던 제자 중에서도 단연코 최고의 재능을 가지고 있었다.

무토 요시노리는 자신의 오른쪽 가슴에 욱신거리는 통증을 느꼈다. 대혁을 어깨로 밀어쳐내는 순간, 마치 뱀처럼 대혁의 오른손 훅이 빈틈을 파고들어 무토 요시노리의 가슴팍을 가격한 것이었다.

물론 큰 충격은 없었다. 기본적으로 골렘의 몸을 이루고 있는 '아르실라'는 금속재질이다. 때문에 웬만한 물리적 충격에서 자유롭다.

무토 요시노리가 감탄한 점은 그의 순발력과 기지때문이었다.

'이거… 얼마 가지 않아 추월당할 것같은 기분이야.'

그의 재능이 무섭게까지 느껴지는 무토 요시노리였다.

◆

그로부터 일주일 후, 무토 요시노리는 오니켄화한 상태로 대혁과 대련을 하고 있었다.

대혁의 기본적인 신체능력치도 계속해서 상승하는 중이었을 뿐더러, 신체를 다루는 운용력도 일주일새에 눈부실 정도로 빠르게 성장한 탓이었다.

츠츳! 팡! 팡!

잽 두방이 허공을 갈랐다. 오니켄은 얕보지 않고 찬찬히 패링으로 잽을 튕겨냈다. 대혁이 곧바로 하단태클을 하며 짓쳐들어왔다. 오니켄은 무게중심을 낮추고 하체를 뒤로빼 테이크다운 디펜스의 자세를 취했다. 대혁과 오니켄은 깍지를 끼고 클린치 상태에서 mma식 그레코로만 레슬링 기술공방을 나눴다.

언뜻보면 오니켄의 붉은 몸은 3m가 넘고 대혁의 몸은 기껏해야 190cm도 안되어 둘의 힘이 꽤나 차이날 것같지만 실제로는 별로차이나지 않았다. 업치락 뒤치락 하던 와중에 대혁이 발다리를 걸어 오니켄을 넘어드렸다.

쿵!

3m에 달하는 오니켄이 뒤로 넘어갔다. 대혁은 곧바로 그 위에 올라타 마운트 자세를 취했다.

"허허…."

오니켄은 더 해볼 생각도 하지 못하고 헛웃음을 흘렸다.

고작 일주일만에 이렇게나 실력이 진일보 할 줄은 몰랐던 탓이었다.

"이제 해볼만한 것같군."

대혁은 땀에 젖은 티를 벗으며 일어났다. 군살없이 탄력있는 그의 몸이 드러났다.

"제가 수십 년에 걸쳐 배운 것을… 무서울 정도입니다."

오니켄도 상체를 일으키며 말했다.

◆

대혁도 설마 자신이 단 일주일만에 이 정도 경지까지 이룰거라곤 생각도 못했다. 대혁의 실력이 늘어나는 속도에 오니켄은 무섭다고 표현했다.

그말엔 대혁 역시 공감을 하는 바였다. 대혁 역시 자신의 성장속도가 황당할 정도였다.

노바틱 행성의 대혁. 골렘 마이스터로 최강의 이미지를 구가하기 전까지만 해도 그는 평범한 창술사였다.

근접전투형 게이머로써 딱히 특출나지도, 덜하지도 않은 중간치 정도의 능력을 갖고 있었다.

직접 신체를 이용한 전투에는 축복같은 재능이 없던 탓이었다.

그런데 지금은 다르다. 마치 처음부터 그에게 천부적인 재능이 있던것처럼 기술을 흡수하는 속도가 빨랐다.

'그때와는 확실히 달라….'

대혁은 자신의 손을 내려보았다. 변화의 시점이 언제였는지 되짚어보자면… 아마 지구로 돌아온 시점부터가 아니었을까 싶었다.

'위업상점이나… 레벨… 능력치 성장 시스템도 그렇고… 이런 것들이 뭔가 관련이 있는건가?'

상기능력들은 노바틱행성에서 들어본 적도 없는 능력이다. 그런 것을 대혁은 지구로 오면서 얻게 되었다.

'모르겠군. 내 숨겨진 재능이라도 발화한 것인지.'

그렇다고 지구에서 있는 능력인가 하면 그것도 아니다.

노바딕행성에서 길가메쉬를 꺾고 지구로 오며 대혁만 가지게 된 능력인 것이다.

'혹시…?'

길가메쉬를 꺾었던 순간 그가 했던 말이 머릿속에 번개처럼 번뜩였다.

–죽여라… 그러면 나의 권한은 자연히 너에게 승계될 것이다.

바로 권한의 승계에 관한 이야기.

'혹시 이것이 행성 지배자의 능력과 관련된 것들인가…?'

그렇다면 이해할 수 있었다. 치트라고 해도 될 만큼 사기적인 부가능력들.

축복이라도 받은 것처럼 성취력이 높은 신체.

'알 수 있는 방법은 역시 지배자급을 다시 만나는 수 밖에 없겠지.'

대혁은 생각했다. 어차피 그는 에인드리온을 잡을 생각이었다.

궁금증은 그때가 되면 자연히 해결 될 것이다. 그때까지는 이 능력들을 최대한도로 활용한다.

생각에 잠긴 대혁을 바라보던 오니켄이 슬며시 입을 열었다.

"무슨 생각 중이십니까?"

"아… 갑자기 발달한 내 능력에 대해서 말야."

"그렇군요. 하긴 지난 수십년간 무에 몸을 담고있던 저조차도 처음 보는 재능입니다."

"쑥쓰럽군."

"그렇게 받아들이실 필요는 없습니다. 사실이니까요. 그야말로 타고난 무재입니다."

"타고난 건 아냐."

"예?"

"설명하긴 어렵고. 처음부터 이랬던 몸은 아니니까. 뭐, 이렇게 된 이상 최대한 이 몸을 이용해야겠지."

무슨 얘긴지 전부 알아듣지 못했지만 오니켄은 고개를 끄덕였다.

결론은 지금이 가장 중요한 것 이었다.

"그럼 이제 '진짜 힘'을 사용해 보도록 하죠."

한껏 진지해진 오니켄의 목소리에 대혁 역시 진중히 고개를 끄덕였다.

지금까진 기공, 오러같은 힘을 사용하지 않고 순수히 육체의 힘만으로 겨뤘다.

하지만 이제부터는 기공을 사용하는 대련을 하자는 뜻이었다.

몬스터를 두 주먹만으로 때려죽일 수 있게 하는 힘. 이 힘을 본격적으로 수련한 이후 대혁은 몇 단계나 뛰어넘는 강함을 손에 거머쥐게 될 것이다.

오니켄은 한껏 오러를 끌어올렸다. 대혁 역시 마력전환을 이용해 몸에 기공을 불어넣었다.

두 사람이 동시에 서로를 향해 뛰어들었다.

◆

다시 열흘 정도가 흘렀을 때 대혁은 기공을 다루는 실력 역시 눈에 띌 정도로 성장했다. 이제는 오니켄과 정면대결을 펼쳐도 약우위를 점할정도였다.

오니켄은 허탈하게 웃으며 말했다.

"슬슬 주무기를 하나 정하셔야 하지 않겠습니까?"

"창을 써볼까."

대혁은 연무장한구석에 놓여있는 창을 집어 들었다. 오랜만에 창을 들자 노바틱행성에서 살아남기 위해 창을 들고 싸우던 시절이 떠올랐다. 생존을 위해 선택한 무기였고, 실전속에서 자연히 터득한 창술이었기 때문에 대혁의 창술은 다분히 실전적이었다.

하지만 기본이 부족한것도 사실이다.

휭- 휭!

대혁이 창을 휘둘다가 오니켄을 찔러갔다. 오니켄은 일본도를 비스듬히 세워 찔러오는 창을 빗겨냈다. 그리고 한 걸음 당겨서 대혁의 가슴팍을 노리고 일본도를 세로로 쪼개 베었다.

"엇!"

대혁은 짧게 단말마를 뱉으며 뒤로 튕기듯 몸을 날렸다. 그리고 창을 잡아 당겨 일본도를 방어하려고 했다.

턱!

오니켄은 남는 손으로 대혁의 창을 잡았다. 그리고 일본도를 쭉 뻗어 대혁의 목 옆에 가져다 대었다.

"후… 무기를 다루는 건 또 만만치 않군."

대혁은 패배를 자인했다. 지난 보름여간 맨몸박투를 어느정도 끌어올렸으나 무기를 다루는 일은 도 달랐다.

다시 숙련의 기간이 필요해졌다.

"창도 창이지만… 최근엔 맨주먹이 더 익숙한 것 같군."

"그렇다면 권갑(拳鉀)을 쓰는 것이 어떻겠습니까?"

"권갑?"

"너클같은 종류의 무기를 말하는 것입니다."

"너클이라… 그거 괜찮군."

대혁은 오니켄에게 잠시 휴식을 하자고 말하곤 수건으로 땀을 닦았다. 수건을 목에 걸고 바닥에 털썩 주저 앉은 대혁은 위업상점을 켜보았다.

위업상점 카테고리중 무기카테고리를 둘러보던 대혁은 다양한 권갑의 종류를 발견했다.

"음…."

대혁은 그 중 마음에 드는 권갑 하나를 발견했다. 짙은 귀기가 맴도는 묵광의 금속장갑. 손가락 끝은 뾰족하게 제련되어 있었고 주먹의 너클파트엔 타격을 강하게 하는 돌출부가 있었다.

대혁이 권갑위에 손을 올리자 반투명한 창에 아이템의 정보가 표시되었다.

[귀흑권갑]

*레어

–귀기가 넘치는 묵광을 뿜어내는 권갑. 주인을 직접 선택하는 특성을 지녔으며 선택받을시 사용자의 능력을 큰 폭으로 끌어올린다. 하지만 선택받지 못하면 착용시 특성이 그대로 폐기되어 평범한 권갑이 되어버린다.

–근력 +150

치명타 확률 288, 회피 124

–일정 확률로 기공 30% 회복
–일정 확률로 치명타 확률 15% 증가
–일정 확률로 치명타 피해량 15% 증가

무기가 주인을 선택한다는 점이 꺼림칙했지만 대혁은 망설임없이 귀흑권갑을 설치했다. 위업 포인트 3000을 소모해 구매하자 인벤토리에 아이템이 생겨났다. 대혁은 인벤토리에서 귀흑권갑을 꺼냈다.

"실물이 더 괜찮군."

아름답게 묘한 귀기를 뿌려대고 있지만, 그 점이 오히려 매력적으로 느껴졌다.

갑자기 대혁의 손에 무기가 나타나자 오니켄이 눈을 휘둥그레 떴다.

"어… 그 무기는?"

대혁은 대답대신 어깨를 으쓱했다. 무기를 자세히 살핀 오니켄이 말했다.

"중국의 헌터인 흑신권이 쓰는 무기와 같군요."

"흑신권?"

"네. 검은 권갑을 끼고 활동하는 헌터인데 저처럼 무술을 베이스로 능력을 각성한 타입이죠. S급 헌터로 중국내 서열도 10위 안에 든다고 할 만큼 강한자입니다."

중국은 땅덩이가 넓고 사람의 숫자도 전세계 인구의 1/5을 차지할정도로 많기 때문에 그만큼 각성자 수도 많았다.

그 중 열손가락안에 든다는 것은 그가 어마어마하게 강한 헌터라는 것을 의미했다.

더군다나 흑신권은 금의룡맹의 호법헌터중 하나다.

중국최대의 길드 금의룡맹은 대혁이 나타나기전까지만 해도 헌터협회등과 더불어 블랙헌터 집단을 견제하는 가장 큰 단체중하나였다.

"그런가…그럼 꽤 좋은 무기겠어."

"근데 갑자기 그걸 어디에서…? 흑신권은 그 무기를 구하기 위해서 용 깨나 쓴 걸로 알고 있는데요…."

"그런 방법이 있다."

그런 얘기를 듣자 괜히 위업상점의 효용이 더 만족스럽게 느껴지는 대혁이었다.

대혁은 지체없이 흑신권을 양손에 착용해 보았다. 그 순간.

사아아아악-

시야가 검게 물들었다. 대혁은 눈을 두어번 껌벅거렸다.

"환술…?"

뭔가 사이한 기운이라고 생각했다.

"주인을 선택하는 과정이라도 된단 말인가?"

대혁은 피식 웃었다. 그는 검은장소 한가운데에 서서 말했다.

"객기부리지 말고, 내 무기가 될 영광을 주마."

나지막하지만 강한 힘이 배어있는 목소리. 대혁이 말을 하자마자 검은장막같던 시야가 일렁거리면서 사라져갔다.

다시 연무장 한 가운데.

오니켄은 멀뚱히 눈을 뜨고 대혁을 내려다보고 있었다.

대혁은 신경쓰지 않고 권갑을 찬 양손을 보았다.

탁한 검은색을 띠던 귀흑권갑이 은은한 광을 내뿜기 시작했다.

"괜찮군."

끓어오르는 근력이 느껴진다. 착용감도 괜찮다. 부담스럽지 않고 마치 맨손인 마냥 가볍다.

일어나서 허공을 향해 잽을 두어번 날려본 대혁이 말했다.

"다시 한 번 해볼까?"

오니켄은 작게 고개를 끄덕이고 카타나를 세워들었다. 대혁은 제자리에서 스텝을 밟다가 빠르게 짓쳐들어갔다. 오니켄은 물러나며 견제를 위해 카타나를 횡으로 그었다.

평소라면 몸을 숙여 피하거나 아예 공격범위 자체에서 벗어났겠지만 이번엔 달랐다. 대혁은 귀흑권갑을 친 손으로 카타나를 아예 쳐냈다.

카앙!

쇳소리가 터졌다. 대혁은 멈추지 않고 파고들었다. 오니켄도 정점에 오른 검사답게 카타나가 튕겨난 반동을 이용해 한바퀴 돌면서 다시 검을 찔러왔다.

대혁은 손바닥으로 찔러오는 검을 잡아당겼다. 오니켄의 신형이 균형을 잃고 앞으로 쏠렸다.

대혁은 그의 복부에 남은 주먹을 박아넣었다.

"읍!"

오니켄이 격한 통증을 느끼며 무릎을 꿇었다. 아르실라로 이루어진 골렘의 몸이라지만 귀흑권갑으로 쳐낸 주먹마저 맨몸으로 버틸정도는 아니었다.

카캉!

대혁은 오니켄이 놓친 카타나를 바닥에 버렸다. 잠깐 쥐었을 뿐인데도 카타나의 이가 듬성듬성 나가 있었다.

"괜찮군…."

대혁은 자신의 새로운 무기에 대한 평을 내렸다. 이제 맨몸 박투가 일어난다고 해도 자신이 있었다.

"참을만 해?"

대혁이 오니켄에게 물었다.

"이 정도는 괜찮습니다."

오니켄이 배를 쓰다듬으며 일어났다.

"후. 이젠 뭐 제가 더 가르칠 게 없군요."

오니켄은 인정한다는 듯이 고개를 끄덕였다. 단 보름만에 평생 무를 닦아온 오니켄을 초월한 것이다.

물론 오니켄은 수많은 병기를 다룰 줄 알았고, 대혁은 권갑을 착용했을 때만 오니켄을 넘어설 수 있는 것이었지만, 앞으로 차근 차근 다른 무기도 배워나간다면 얼마 지나지 않아 종합적인 실력도 오니켄의 우위에 설 것이 자명했다.

대혁은 고맙다는 얘기를 했다. 오니켄은 고개를 절레절레 저었다. 무인으로서 그의 재능에 경외가까운 기분이 들 뿐이다. 보통의 무인이라면 재능의 차이를 절감했을때 멘탈이 붕괴됐을 테지만 그런식의 자괴가 들진 않았다.

✦

수련을 하는 틈틈이 대혁은 새로운 종류의 수 많은 골렘들을 만들어내고 있었다. 그 중에서도 대혁이 심혈을 기울이고 있는 작품이 하나 있었다.

대혁은 지하로 통하는 엘레베이터에 올랐다. 이 대규모 요새에는 지상 공간뿐만 아니라, 지상 이상으로 훨씬 거대한 지하공간이 자리하고 있다.

그리고 그 지하에는 회심의 걸작이라고 할 만한 골렘이 만들어지고 있었다.

지하엔 보통의 골렘보다 작은, 175cm 정도 되는 작은 골렘들이 분주하게 움직이고 있었다.

골렘들은 마치 정교한 기계처럼 동작하며 업무를 수행했는데, 각자 하는 일이 달랐지만 자세히 보면 같은 작업을 수행하는 것이었다.

바로 대혁의 새로운 비밀병기를 만드는 일.

대혁은 고개를 끄덕이며 작업현장을 살폈다.

'강철장벽같은 그것' 의 형태를 보고 대혁은 심히 만족스러웠다.

◆

어찌나 큰지 한눈에 다 담기지 않을 정도였다. 시선을 움직여서 끝에서 끝을 확인한 대혁은 고개를 끄덕였다.

'가동을 위해선 마나스톤이 어마어마하게 필요하겠어. 아니, 마나스톤으로는 무리일지도 모른다. 저 거대한 동체를 감당하기 위해선 ' 마나코어급 '의 동력유지장치가 필요하다.

하지만 당장에 그런 마나코어급의 동력유지장치를 구할 수 있는 방법은 없었다. 마나코어급은 적어도 '에픽' 아이템 이상의 가치를 지니고 있다.

'어쨌든 저게 완성된다면… 모든 게 한결 수월해지겠지.'

대혁은 그 거대한 골렘이 만들어지고 있는 장소를 지나, 비교적 작은 방으로 들어갔다. 아까 있던 공간에 비해 작다뿐이지 결코 작은 공간은 아니다. 바로 대혁의 피팅룸이었다.

이 피팅룸엔, 여러 가지 형태의 탑승형골렘이 자리잡고 있었다.

골렘들은 마치 세워놓은 유리관같은 곳 안에 전시라도 하는 것처럼 세워져 있었다.

대혁은 금속재로 만들어진 원 위에 올라섰다.

"mk5 착용."
그리고 나직하게 한마디를 뱉어냈다. 그 순간이었다.
기이이잉-
위이이잉.
벽면이 열리더니 기계팔이 나온다. 기계팔은 유리관안에서 골렘을 꺼내와 대혁의 앞에 가져다 놓았다.
골렘은 천천히 몸체가 열리며 대혁의 몸을 감싸안는다.
철컥!
철컥!
대혁이 골렘수트를 입는데는 오랜시간이 걸리지 않았다. 눈깜짝할새에 골렘수트를 착용한 대혁은 또 몇 걸음 앞으로 걸어갔다.
"열어라."
쉬이이이잉- 푸슈슈슈우우우.
철컥!
철컥!
철컥!
순식간에 대혁의 위쪽으로 이어지는 통로의 개폐장치가 차례로 열리기 시작했다.
대혁은 위쪽을 올려보았다.
기이이잉.
플라즈마 추진장치가 발동하며 대혁의 몸이 떠오르기 시작했다.

푸슈앙!

그리고 대혁의 몸이 순식간에 허공으로 쏘아올려졌다.

슈우우우-

대혁은 허공에 올라 밑을 내려보았다. 태평양 한가운데 섬. 맑은 날씨덕에 한눈에 내려다 보인다. 거대한 규모의 요새. 대혁은 이 요새의 이름을 노바틱 행성에 있던 요새의 이름을 따 '잉칼리움' 이라고 짓기로 했다.

대혁이 허공으로 떠오르자 잉칼리움의 자동 탐지센서가 발동한 건지 요새 곳곳에 숨겨져 있는 골렘들이 이쪽을 향해 포문을 놓는다.

허가가 되지 않은 접근체들은 요격해버리는 캐논 골렘들이었다. 거동이 제한된 붙박이 골렘들이지만 그만큼 더 무시무시한 화력을 뿜어낼 수 있는 골렘들이었다.

캐논 골렘들은 허공에 나타난 게 '허가 된 대혁' 임을 확인하고 다시 비활성상태로 돌아갔다.

"그럼 맡기마. 잠시 있어라."

한국으로 갈 셈 이었다. 대혁이 마음먹은 순간 골렘수트는 한국방향으로 소닉붐을 일으키며 날아갔다.

◆

제 20회에 달하는 헌터정기총회 이른바 H15가 서울에서 벌어지고 있었다. H15는 헌터의 힘이 가장 강한상위국가

15곳의 대표가 모여 세계의 대 몬스터 정책이 나아갈 방향과 각국 사이의 몬스터정책에 대한 협조 및 조정에 관한 문제를 논의하고 해결책을 강구하기 위한 정기모임이었다.

꽤 큰규모의 국가적 행사로 분류되기 때문에 지금 삼성동 일대는 교통 통제가 이루어지고 있을뿐만 아니라 각국의 정예헌터들이 매서운 눈을 뜨고 경호를 하고 있는 상황이었다.

삼성동 H비즈니스 빌딩.

각국 헌터지부장, 그리고 국가기관이랄 수 있는 헌터재난대책부의 장관들이 모여 회의를 하고 있었다.

안건은 여러 개가 있었지만 역시, 지난번 레버넌트 궤멸 이후로 처음 갖는 총회이기 때문에 이야기는 그 쪽으로 쏠릴 수 밖에 없었다.

"거대한 조직을 소탕했다고 마냥 기뻐할 일은 아닙니다. 통계조사에 의하면 이런 경우 다른 조직들의 생태에도 영향을 끼쳐 반응이 극적으로 갈릴 수 있어요. 지금까지 그들의 생태가 예측 가능한 상태였다면 지금은 예측하기 힘들어졌다는 것이죠."

"예. 알고 있습니다. 그 증거로 지금 다른 세 대륙의 가장 큰 블랙헌터 집단들이 꼬리를 자르고 동면상태에 들어가버렸죠."

"유럽에서는 일찍이 노블원이 스펙터 조직원들을 소탕하기 위한 작전을 세우고 있지만… 현재는 적 내부에 침투

한 요원들의 연락마저 끊긴 상황입니다. 경계상황을 높였다고 밖에는 볼 수 없어요."

"북아메리카에는 레버넌트를 궤멸시킨 우대혁이란 자가 아니라 또 다른 강자가 나타났습니다. 바로 규토입니다."

규토의 이름이 언급되었다. 규토는 태국에서 사라진 이후, 자신의 방식대로 노바틱 행성의 원수에 대한 추적을 시작한 것이다. 그 후로 북아메리카의 조직인 팬텀에 접촉해 그들의 조직원들을 하나씩 부숴나가는 중이었다.

"이 같은 상황들이 긍정적인 요인을 할지 아니면 그들을 부추겨 더 큰 재앙으로 다가올지는 지켜봐야 할 문제입니다."

헌터협회 부회장이 말했다. 그는 젊고 잘생긴 미남자였다. 헌터능력이 강할뿐만 아니라, 똑똑하고 지능이 높은 재원으로 헌터협회 부회장이라는 거대한 직책을 거머쥔 남자였다. 그는 강경파였으며 야욕이 컸다.

"그렇지만… 적극적으로 그들에게 타격을 줄 수 있는 새로운 힘이 부상했다는 것은 인류에게 큰 축복이 아닙니까?"

일본지부장의 말에 부회장, 페르낭 그라비는 비웃음에 가까운 미소를 보였다. 그의 머릿속에 헌터협회는 세상의 중심이었다. 블랙헌터 견제를 해도 헌터협회가 해야했고, 그들을 궤멸시키는것도 헌터협회여야 했다.

"지금 헌터협회가 힘이 없어서 그들을 가만히 놔두고 있었다고 말씀하시는 건 아니겠죠?"

"아… 그런 건 아닙니다."

"물론 아니겠죠. 자신이 몸 담고 있는 조직에 대한 믿음도 없는 사람이 지부장직을 맡고 있다면 헌터협회를 믿고 있는 인류에겐 너무나 가여운 일일테니까요."

"……."

말을 꺼냈던 남자, 일본협회 지부장은 꿀먹은 벙어리가 되었다.

그의 모습을 보며 노골적인 비웃음을 보인 페르낭 그라비가 다시 입을 열었다.

"분명히 말씀드리겠습니다. 헌터협회는 언제든지 블랙헌터들을 격살할 수 있습니다. 하지만 그러지 않고 있는 것은 그들을 궁지에 몰아넣었을 때 벌어질지도 모를 '통제할 수 없는 변칙 상황' 때문입니다. 궁지에 몰린 쥐는 고양이도 문다는 말을 알고 계시겠죠?"

"……."

"물론 저희를 물려 들었다간 단숨에 박살이 나겠지만 무고한 시민들에게 그 화살이 돌아가면요? 그땐 무수한 인명피해가 발생할지도 모르는 일입니다."

페르낭 그라비 측의 사람들이 고개를 끄덕이며 동조한다는 의사를 보였다.

페르낭이 말했다.

"그래서 조금씩 완벽하게, 차질 없이 그들을 물에 빠트려 죽이려고 할 준비를 하고 있었던 겁니다."

후, 하고 페르낭은 한숨을 뱉었다.

"이렇게 되어버린 이상 계획을 재수립해야겠지만요."

페르낭은 한국 지부장 한만식을 보며 말했다. 한만식은 큼큼 헛기침을 하며 페르낭의 눈빛을 피했다. 마치 우대혁이 레버넌트를 궤멸시킨 일을 그에게 탓하는 듯 느껴졌기 때문이었다.

'레버넌트를 제거한 일은 분명히 잘한 일이야. 본부에서 해내지 못한 일을 했다면 표창을 내려도 모자른 일인데….'

한만식을 비롯한 지부장 몇몇은 그런 생각을 품었지만 겉으로 표를 내진 못했다.

그 이후 의례적인 안건내용과 담소가 이어졌다.

6시간에 걸친 마라톤 회의가 끝났다. 회의장에 있던 사람들은 각자 친분이 있는 사람들과 대화를 나누며 회장을 빠져나갔다.

페르낭은 자신을 수행하는 비서와 함께 호텔로 향하며 말했다.

"한국에 온 이상 그를 보고 가야겠죠?"

"그라고 하심은…."

"우대혁. 바로 그 남자 말입니다."

"예, 알겠습니다."

비서는 안경을 검지 손가락으로 밀어 올리며 짤막하게 대답했다. 페르낭이 말한 의미는 간단했다. 우대혁을 데리고 오라는 의미였다.

◆

대혁은 오랜만에 가족을 만났다. 그의 형 우정혁과, 엄마 강정숙여사는 대혁을 보자마자 진하게 포옹했다.

"어이쿠, 내 새끼. 드럽게 바쁘네요?"

엉덩이를 두드리며 하는 애정 섞인 격한말에 대혁이 웃음을 터뜨렸다.

"그러게. 너무 바빠서 주체가 안되는구만."

"요즘 직장에서도 네 얘기만 한다. 이거 내 이름이 우정혁인지 우대혁형인지 모를정도야."

"인기인인 동생을 둔 소감이 어때…?"

"말도 마라. 귀찮다."

우정혁이 웃으며 말했다. 연이어 굵직한 사건들을 해결하면서 대혁의 인지도는 하늘높은줄 모르고 치솟았다. 특히 한국에서의 인지도는 거의 탑배우급에 필적할 정도였다.

"퇴근 전에 오늘은 너 만난다고 하니까, 꼭 싸인받아다 달라더라."

"싸인은 무슨."

"아냐, 꼭 해줘야 해. 100장."

"100장? 그렇게나 많이?"

"그것도 부족한 거야. 회사원 전체가 해달라고 하는데 그렇게 되면 수백장 넘게 해야하니까 절충한거라고."

"하… 알았어."

셋은 대혁이 특별히 좋아하는 한정식집으로 향했다.

가게에 들어서는 순간 몇몇 사람이 대혁을 알아보고 수군댔지만, 대혁은 모른 척 안으로 들어갔다.

룸 형식이라 방에 들어가자 더 소란스러운 일은 없었다.

"이것봐. 종업원이 너 알아보고 속닥거리는 거 봤냐?"

대혁은 대답대신 어깨를 으쓱했다.

"일단 이거."

정혁은 서류가방에서 볼펜과 사인지 100여장을 꺼냈다.

"진짜 해야하는 거야?"

"당연하지. 밥 먹으면서 천천히 하자."

대혁은 이마를 짚었다. 오천락을 상대했을 만큼이나 힘든 싸움이 될 것 같은 예감이 들었다.

똑똑.

문을 노크하는 소리가 났다.

"네."

강정숙이 대답하자 종업원이 들어왔다. 20대초반이나 되었을까? 수수한 외모를 가진 여성 종업원이었다. 딱 그 나이 또래의 풋풋함이 보이는 종업원은 들어오면서부터 힐끔 힐끔 대혁을 쳐다보았다.

"주문 도와드리겠습니다."

종업원이 말했다.

대혁과 정혁, 강정숙은 보리굴비 정식과 떡갈비 2인분을 시켰다. 주문을 받은 종업원은 멈칫거리며 어깨를 들썩였다.

뭔가 말할것이 있는 사람이 보이는 행동이었다.

"할 말 있어요?"

눈치 챈 정혁이 웃으며 말했다.

"아… 그 혹시 헌터 우대혁씨 맞으세요?"

"네."

대혁이 고개를 끄덕였다.

"사인 좀 해주실 수 있을까요?"

이 한정식집은 서울에서도 꽤 고급스러운 식당으로 연예인들도 꽤 들락거리는 곳이었다. 종업원들 역시 웬만한 연예인들을 봐도 눈하나 깜짝하지 않는다. 하지만 대혁같은 경우는 굉장히 핫한 인물이기 때문에 웬만한 연예인과는 비교할 수 없었다.

"아. 그러죠."

대혁은 사인지에 사인을 했다. 설마 이런식으로 남에게 사인을 해주는 일이 생길거라곤 생각못했다. 카드결제후 승인을 위한 사인이나 해봤지 남에게 주기 위한 사인은 처음 해 보는 것이다.

종업원은 눈을 초롱초롱하게 빛냈다.

"제 이름은 다애예요."

"네."

"다애에게. 라고 써주실 수 있나요?"

"그럴게요."

대혁은 다애씨에게라고 몇 자 더 적어내렸다.

"감사합니다!"

다애는 사인을 받고는 고개를 푹 숙이고 밖으로 나갔다.

그녀가 나가자 마자 정혁이 껄껄거리며 웃음을 터뜨렸다.

"이것 봐! 완전히 유명인이구만 이제!"

"놀리지 마."

"누가 이런 걸로 놀리냐!"

정혁은 한참 껄껄 웃었다. 강정숙도 이 기회를 놓칠 수 없다는 듯 끼어들었다.

"근데… 참하고 괜찮던데, 이런 데서 일해서 용돈 버는 거 보면 개념도 박혀있고 말이야. 요즘 애들은 왜 일하기들 싫어하잖아?"

"엄마, 그게 무슨 말이야?"

"아니, 우리 아들도 남잔데 연애는 하고 살아야 할 거 아냐~?"

"하…."

대혁은 푹하고 한숨을 내쉬었다. 골치가 지끈지끈 아파왔지만, 동시에 이 분위기가 안락하게 느껴졌다.

주문한 밥이 나오고 오래간만에 셋은 가족끼리 오붓이 식사를 즐길 수 있었다.

2. 헌터협회 부회장

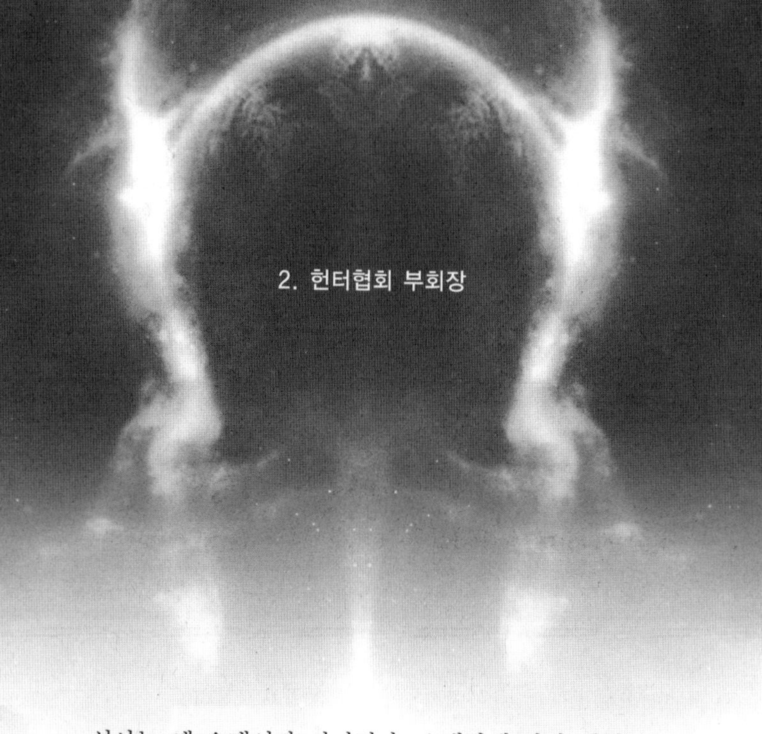

2. 헌터협회 부회장

식사는 꽤 오랜시간 이어졌다. 오랜만에 만나 식사하는 자리에 술이빠질 수 없었고, 술이 들어가기 시작하자 안주거리도 더 필요해졌다. 안주를 주문하고 나면 또 술이떨어져 술을 주문해먹는 식이었다.

소주 7~8병을 마시고 나서야 거나하게 취한 강정숙을 보며 정혁이 말했다.

"야… 엄마 많이 취했다. 오늘은 그만 먹자."

강정숙은 어눌한 발음으로 트로트를 불렀다. 이미 상당히 취한 모양인지 초점도 맞지 않았다.

대혁은 수육고기를 하나 더 집어 먹었다. 소주로 입가심을 하고 대답했다.

"그래. 오늘은 여기까지 하고 들어가봐야겠다."

셋은 짐을 챙겨 일어났다. 정혁도 많이 취한상태였기 때문에 강정숙은 대혁이 업었다.

둘과 달리 대혁은 크게 취하거나 하진 않았다. 우선 노바틱 행성에서 먹던 술은 소주와는 비교도 되지 않게 도수가 높아서 소주로는 맹물처럼 느껴지는 이유가 첫 번째였고, 지금 대혁의 신체능력이 비약적으로 향상된 상태라 딱히 술에 꼬부러 지진 않는것이었다. 거의 술이 들어가는 족족 해독이되었다.

택시를 잡은 셋은 헌터협회 한국지부 근처의 아파트로 향했다.

"요금 여기있습니다. 잔돈은 괜찮아요."

대혁은 택시 요금을 내고 택시에서 내렸다. 꽤 신식아파트였다.

이 아파트는 입주민의 80% 이상이 헌터거나 헌터협회의 직원이 살고 있다. 대혁은 그 중 한 채를 얼마 전에 사들였다.

이촌의 집은 내버려두고 강정숙과 정혁을 굳이 이 쪽의 거처로 옮기게 한 것은 대혁의 생각이었다.

롬 히들스턴이 암살자를 보낸 시점 이후에…대혁은 더 이상 이촌의 집에 가족들을 내버려두지 못했다.

앞으로 대혁이 벌일 큰 싸움에서…대혁의 적들이 다시 한 번 가족을 노리지 않을거라곤 보장할 수 없었다.

미안한 표정으로 취한 정숙을 보는데 정숙이 입을 열었다.

"아들아… 내 아들…엄마 괜찮아… 걱정 마 짜샤… 헤헤…."

강정숙이 갑자기 대혁의 등을 짜악 소리가 나게 두드리곤 말했다.

강정숙은 아직도 제대로 정신을 차리지 못하고 있었다. 반쯤 감긴 눈으로 잠꼬대처럼 그렇게 말하고 있는 것이다.

어느 정도 술에서 깬 정혁이 강정숙을 부축했다.

"형. 고마워."

"고맙긴, 뭘."

"그럼 가볼게."

"안자고 가냐? 웬만하면 자고 가지."

"지금은…."

대혁이 고개를 저었다.

"나중에는 지겨워도 맨날 얼굴보고 잘 날이 올 거야."

"그래. 고생해라."

정혁이 손을 휘휘 흔들었다. 대혁은 바지주머니에 양 손을 꼽고 걸었다.

늦은 밤, 바람을 쐬며 한참 걷다보니 한강변이 나왔다. 대혁은 강바람을 쐬며 잠깐 그 앞에 앉았다.

"이 정도면 나름 치열하게 살고 있는 건가?"

지구로 돌아온 지 3개월도 되지 않았다. 그간 대혁은 레버넌트라는 에인드리온의 4기수중 하나를 궤멸시켰고 힘을 꽤 끌어올렸다. 이 페이스면 1년 안에 길가메쉬를 꺾었을 때의 힘을 되찾을 성 싶었다.

노바틱 행성에선 그러한 힘을 모으기까지 20년에 가까운 세월을 보냈으니 지금의 성장속도는 괄목할정도로 빠른 성장세였다.

"후…."

대혁이 한강바람을 쐬며 생각을 정리해 갈 때였다.

띠리리리!

벨소리가 울렸다. 대혁은 스마트폰을 내려 보았다. 액정에 헌터협회지부장인 한만식의 이름이 떠올랐다.

"예. 우대혁입니다. 무슨 일이죠?"

-아, 대혁씨.간만입니다. 다름이 아니라 드릴 말이 있어서 전화 드렸습니다.

"흠. 지금이요?"

-언제든지 괜찮습니다. 지금 시간이 되시나요? 제가 찾아가겠습니다.

"예, 시간됩니다. 중간지점에서 만나죠."

대혁과 한만식은 장소를 협의했다. 대혁이 자리에서 일어나 엉덩이를 툭툭 털어내고 약속장소로 향했다.

◆

한만식은 근처의 카페에서 대혁을 기다리고 있었다. 대혁이 들어오자 한만식이 손을 들어 올리며 반가운 척을 했다.

"아! 대혁씨."

한만식은 줄무늬 셔츠에 품이 넉넉한 바지를 입고 있었다. 홈쇼핑에서 3종 세트로 판매할 것처럼 생긴 옷이었다.

헌터협회지부장이라기엔 검소한 차림이라고 생각하며 대혁은 자리에 앉았다.

"오래간만입니다."

"그렇죠? 하하. 뭘 좀 마시겠습니까?"

한만식은 휘핑크림이 잔뜩 올라간 커피를 마시고 있었다.

겉모습은 그저 대한민국의 전형적인 아저씨인데 저런 소녀같은 입맛이라니… 대혁은 그 언밸런스함에 살짝 미소를 띄우곤 말했다.

"아닙니다. 저는 금방 밥을 먹고 오는 길이라…."

"그렇군요."

"부르신 이유가 궁금하군요."

"아…."

한만식은 머리를 쓸어 넘겼다. 숱이 얼마 남지 않은 머리가 빈약해보였다.

"혹시 오늘 있었던 H15에 대해서 아십니까?"

"H15요?"

"역시 모르시는군요."

한만식은 그럴 줄 알았다는 표정을 지었다. 대혁은 사실 지구의 헌터, 그리고 그 권위체계에 대해 큰 관심을 두지 않고 있었다.

한만식 역시 그런 대혁의 태도에 대해 어느 정도 인지하고 있는 상태였다.

"전세계 헌터선진국 15개국이 모여 벌이는 최대규모의 회의입니다."

"그렇군요. 그런데 그것이 왜…?"

"오늘의 회의에는 헙터협회 부회장인 페르낭 그라비라는 자가 참석했습니다."

"페르낭 그라비요?"

"예. 헙터협회 부회장이니만큼 회장을 제외하면 헌터협회에서 가장 큰 힘을 쥐고 있는 남자라고 보시면됩니다."

"그에 대한 얘기가 오늘 할 말과 관련이 있는 건가요?"

"예, 사실…."

한만식은 어떻게 얘기를 꺼내야할지 잠시 고민했다. 사실 그가 하는 생각은 단순히 노파심에 가까운 것이라고 분류해도 될 만한 것이기 때문이었다.

"페르낭은 맹목에 가까울정도로 헌터협회, 그리고 본인 위주의 사람입니다."

"……."

"제가 이런 말씀을 드리는 것은… 그가 대혁씨를 못마땅하게 보고 있기 때문에 하는 말입니다."

"그게 무슨 얘기죠? 저는 그를 본 적도 없는데 그가 왜…?"

"사실 헌터협회는 몬스터를 상대로 세계의 질서를 유지하는 중앙기관이니만큼 최고의 권위를 가지고 있습니다. 그런 곳이 해결할 수 없는 문제라면 어디서도 해결할 수 없어야 하는 것이죠."

"내가 레버넌트를 처리해서 고까운 마음을 먹었다… 이건가요?"

"맞습니다."

한만식이 고개를 끄덕였다. 역시 대혁은 강할 뿐만 아니라 머리가 돌아가는 속도도 빨랐다.

대혁은 어깨를 으쓱거렸다.

"뭐… 그런 편집증적인 사람을 상대로 뭐라 해 줄조언도 없군요. 만나지 않으면 그만이니까 신경 쓸 필요도 없을 것 같구요."

"물론 그러면 다행입니다만… 제 생각엔 부회장이 먼저 접근해오지 않을까 싶어서 오늘 만남을 청한 것 입니다."

"부회장이요? 대체 무슨 이유로…?"

"이유를 들자면 다양한 이유를 들 수 있겠죠. 하여간 대혁씨. 제가 드릴 말씀은 이겁니다. 부회장은 상당한 강경파에요. 자신이 원하는 일을 위해선 무슨 일이라도 하는 남자라는겁니다."

"……."

"그와의 마찰은 최대한 피하세요. 대혁씨의 강함은 저도 충분히 아는 수준입니다만… 그는 헌터협회의 중심에 있는 사람이니까요."

"무슨 얘긴지는 알겠습니다."

대혁이 고개를 끄덕였다. 한만식은 좋은 사람이다. 그가 무슨 의도로 충고를 하는지도 충분히 받아들일 수 있었다.

하지만 한만식의 의도를 알아들었다고 해서 대혁이 부회장이란 녀석을 피할 이유는 어디에도 없었다.

"제 성격은 단순한 편입니다. 저를 먼저 건드리지 않는다면… 저 역시 그에게 아무런 신경을 쓰지 않을 것 입니다. 하지만 만약에 저에게 어떤 해코지라도 가하려고 한다면…."

대혁은 말을 삼켰다. 뒷말을 덧붙이지 않아도 무슨 얘기인지 알법한 말이었다. 한만식은 쪼로록 차가운 커피를 들이켰다. 주의를 시킨다고 만난 것인데 괜히 불을 붙였다 싶은 마음이었다.

"후… 알겠습니다. 하여간 조심하세요."

"주의하도록 하겠습니다. 말씀 감사합니다."

대혁은 감사를 표했다. 이런저런 얘기를 좀 더 나누고 둘은 자리를 파했다.

'힘을 가진 자들은 어떤 패악이든 저지르지. 자신의 힘

이면 죄악이 용서되는 줄 알고 말이야.'

노바틱 행성에선 더 심했다. 그곳에선 모든 인간에게 계급표가 있다. 왕. 귀족. 천민. 노예. 그 세계에서 왕과 천민은 같은 인간이 아니다. 천민은 오히려 가축에 가까운 삶을 영위한다. 왕은 가축을 지배한다.

지구는 노바틱 행성의 사정보다는 나았지만 역시나 보이지 않는 계급이 존재하는 것이었다.

대혁은 부회장 역시 그런 마인드를 가진 인간이라고 생각했다.

건물의 코너를 돌아갈 때 였다. 대혁은 아까부터 자신의 뒷통수에서 따끔거리는 시선을 느꼈다. 보지 않는 척, 쇼윈도우에 비친 뒤를 보니, 쥐색 세단하나가 서행해서 따라붙고 있었다.

야밤이라 교통량 자체가 적었다. 그럼에도 차는 앞으로 치고 나가지 않았다.

대혁은 그 자리에서 우뚝 멈춰 섰다. 차의 문이 열렸다. 그리고 그 안에서 정장을 입은 멀끔한 남자와 떡대 둘이 내렸다.

셋 모두에게서 정돈된 오러의 기척이 느껴지는 것을 보았을 때 평범한 사람은 아니다. 모두 헌터였다.

그리고 셋 다 꽤 강해보였다.

"누군데 아까부터 따라 오는 거지?"

대혁은 자신을 미행하는 자에게 예의를 차려줄 생각이

없었다. 대혁의 싸늘한 목소리에도 남자들은 평온을 잃지 않았다.

"반갑습니다. 우대혁씨."

"내 이름까지 알고 있는걸 보면 용건이 있는 모양이군."

"바로 보셨습니다. 저는 헌터협회 부회장이신 페르낭님이 보내셔서 왔습니다."

"……."

바로 조금전에 한만식이 자신에게 부회장에 얘기했다. 그런데 벌써 이렇게 찾아오다니. 생각보다 추진력이 대단한놈들이라고 대혁은 생각했다.

"시간이 늦었군."

"그렇죠. 하지만 저희 부회장님께서 요청하셨으니 같이 가는건 우대혁씨에게도 좋은 일이라고 생각…."

"이게 무례한 일이라는 건 알고있나?"

대혁은 남자의 말을 끊었다. 그리고 안경밑에 숨어있는 그의 눈동자를 뚫어져라 보았다. 남자는 순수 서양인종은 아니었다.

"이름이 뭐지?"

"줄리언입니다."

"그래, 줄리언. 혼혈인가?"

"할아버지 쪽이 일본인이었습니다."

"그래, 쿼터군. 그런데 한국말을 꽤 잘하네?"

"제가 할 줄아는 언어중 한가지입니다."

"좋아… 재능이 많은 친구니까 더 잘알겠지."

"……."

"찾아오고 싶으면 직접 찾아오고 할말이 있으면 직접 말하라고 해."

"……."

대혁의 말이 끝나자 줄리언의 뒤쪽에 있는 떡대들 에게서 사나운 기운이 뿜어져 나왔다. 마치 대혁을 위협이라도 하려는 것처럼 보였다

"그만."

줄리언이 손을 들어올리자 공기를 팽팽히 긴장시키던 기운들이 씻은 듯이 사라졌다.

"무슨 말씀인지 알겠습니다."

"그래, 똑똑하니 말귀도 잘 알아듣는군."

대혁은 그대로 뒤돌아서 갈 길을 가려다가 멈춰섰다.

그리고 돌아서 떡대 둘을 향해 말했다.

"죽고 싶은 거라면 말리지 않겠다만, 다음부턴 좀 더 좋은 장소에서 자살시도를 해 봐. 이를 테면 관짝 위라던지."

대혁은 손을 흔들고 멀어졌다. 떡대 둘의 얼굴이 시뻘겋게 변했다.

떡대 중 하나가 입을 열었다.

"그냥 보내시는 겁니까?"

"그럼?"

"힘으로라도 잡아서…."

"그게 가능하다고 보나?"

줄리언은 넥타이를 풀어헤치며 말했다.

"네?"

"후… 멍청이들. 그 정도 기운도 읽지 못하다니."

"무슨 얘긴지…."

"우리 셋이 동시에 덤벼들었어도 저 남자에겐 안됐을 거다."

그 말에 떡대 둘이 어리둥절한 표정을 지었다.

"저 남자는 기껏해야 인형술사 아닙니까? 인형도 없는데 어떻게 저희를…."

떡대는 나름 자신이 있었다. 자신들은 협회의 정예였다.

"됐다. 머릿속까지 근육으로 가득 찬 너희들이랑 무슨 얘기를 나누겠냐."

줄리언이 차에 올랐다.

'보통이 아니야.'

비록 부회장에게 질타를 받겠지만 여기서 어디한군데 불구가 되는 것보다는 나았다.

적어도 우대혁은 그럴 용의와 힘이 충분히 있어보이는 남자였다.

◆

칼수리는 창공을 누비는 맹금류를 닮아 있는 몬스터다.

하지만 보통의 맹금류와 비교할 수는 없다. 부리는 바위라도 쪼갤정도로 단단하고, 발톱은 호랑이도 낚아챌정도다. 날개를 펼치면 그 끝에서 끝까지의 길이가 10m에 달한다.

단순한 조류(鳥類)과의 몬스터라기보다는 차라리 익룡(翼龍) 이라고 불러도 될 만큼 거대한 비행생물. 그게 칼수리였다.

또 칼수리의 특징이라고 할 만한 것은 바로 몸체가 금속성의 깃털로 덮여있다는 것이다. 이 깃털은 가볍다. 하지만 가볍다고 얕보면 안된다. 금속성의 가벼운 깃털은 마치 칼날과도 같다. 칼수리란 이름도 그래서 붙은 것이다.

칼수리의 깃털은 금속성에 잘 연마한 칼날 이상으로 날카로운 예기를 내보인다. 또한 칼수리는 이 깃털을 마음대로 발출하는 것이 가능하다.

그리고 지금, 칼수리가 이 깃털을 사용해서 목표물을 공격하기 시작했다.

슈슈슉!

칼수리가 깃털을 뿌렸다.

쐐애애액.

깃털은 웬만한 화살보다도 빠른 속도로 대기를 가로지른다. 파공성이 칼수리 깃털의 끝자락에 따라붙어 쫓아온다.

깃털이 노리는 목표물은 강철인간이다.

햇빛을 반사하는 은색의 몸체, 푸르스름한 광채를 보이는 안구. 두 다리로 서 있는 모습이나, 떡벌어진 어깨, 강철로 이루어진 몸체. 한 눈에 보기에도 위엄이 있는 강철인간의 정체는 바로 골렘.

골렘수트를 입고 있는 대혁이었다.

칼날처럼 예리한 깃털 서너개는 눈 깜짝할새에 대혁의 코 앞으로 짓쳐 들었다. 이 깃털의 위력을 경시해선 안 된다. 웬만한 굵기의 고목이라면 그대로 관통해버릴 정도고, 심지어 경도가 낮은 돌이라면 바로 부숴버릴수도 있는 위력을 가진 깃털이다. 그런 위력을 대혁은 모르지 않는다.

헌데 대혁은 피하지 않았다. 이유야 간단했다. 웬만한 검사가 휘두르는 검보다도 치명적인 칼수리의 깃털을 가만히 서서 받아낼 작정이었기 때문이다.

대혁의 태도에 여유가 흘러넘치는 타당한 이유가 있었다. 바로 골렘수트 때문이다. 골렘수트의 장갑은 칼수리의 깃털따위로 꿰뚫기에는 역부족이다.

캉! 카카캉!

과연 대혁의 예상대로였다. 칼수리의 쏘아 날린 깃털은 대혁의 골렘수트에 튕겨 힘을 잃고 떨어졌다. 요란한 금속성만이 귀청을 때렸다. 대혁에게는 손톱만큼의 데미지도 들어가지 않았다. 충격은 골렘의 외갑이 모두흡수한다.

당연한 일이다. 골렘수트를 구성하고 있는 금속은 이제 보통의 금속이 아니었다.

던전에서 채취한 특수한 재료의 금속을 제련하고 합성해 만든 합금이다.

칼수리의 공격에도 뚫릴 장갑이라면 그 고생을 해서 만들필요도 애초에 없었다.

대혁은 칼수리의 공격을 가볍게 무마시킨 동시에 손을 뻗었다. 이번엔 공격을 할 차례다.

철컥!

작은 기계음이 들리고 손등의 패널이 열렸다. 그리고 뭔가의 발사장치가 나왔다. 아기자기한 장난간처럼 보이기도 하는 그것은 소형작살이었다.

"칼수리의 약점은 목과 몸의 연결부위였던가…."

칼수리의 몸을 덮고 있는 깃털은 모조리 강철이다. 깃털은 공격에도 쓰이지만 방어에도 요긴하게 쓰인다. 생각해보라. 몸 전체에 금속깃털을 두르고 있다. 그것은 마치 갑옷을 두르고 있는것이나 마찬가지다. 하지만 갑옷의 이음새처럼, 칼수리의 몸에도 유일하게 틈이 있는데 바로 목과 몸의 연결부위 한 뼘 정도되는 부분이다. 이 부위는 칼날깃털이 아니라, 다른 조류와 같이 평범한 깃털들로 덮여있는 것이다. 그곳은 칼수리의 가장 큰 약점이기도 했다.

"발사."

터엉-!

작살이 탄환처럼 발사되었다.

슈우우우우욱.

땅에서 하늘로, 작살이 중력을 역행해 오른다. 칼수리는 깜짝 놀라 날갯짓을 해 하늘로 솟구치려고 했지만 이미 늦었다. 작살의 속도는 칼수리의 반응속도보다 훨씬 빨랐다.

콰작!

살과 뼈를 동시에 관통해버리는 소리가 났다. 장난감처럼 보이지만 위력은 아니다. 장난감이 아니라 살상무기라는 명칭이 훨씬 더 어울린다. 보통의 몬스터였다면 그 자리에서 절명했을만한 위력.

까아악. 까아아악.

칼수리가 괴성을 지르며 거칠게 날개짓을 했다. 작살이 꿰뚫고 지나간 부위에선 푸른 피가 뚝뚝 흘러내린다. 하지만 즉사를 시킬정도의 상처는 아니었는지 발광을 하며 거칠게 날개짓을 하는 칼수리였다. 물론 그렇다고 벗어날 순 없다. 작살의 공격은 단순히 육체를 꿰뚫었다고 끝난 것이 아니기 때문이다.

덜컥!

발사장치가 다시 작동했다. 이번엔 작살을 쏘아보내는 것이 아니라 회수하기 위한 동작이었다.

작살의 뒤로는 투명하지만 높은 장력을 지닌 와이어가 연결되어 있다. 1t의 하중도 버티는 와이어였다. 대혁은 기계를 작동시켜 그 와이어의 끝에 연결되어 있는 작살, 그리고 작살이 고정하고 있는 칼수리를 동시에 잡아당겼다.

쉬리리릭-

자체적으로 내장된 기계에서 와이어를 감는 소리가 났다.

까아아악.

칼수리는 괴성을 지르며 발악했다. 하지만 길게 버틸수 없었다. 기계의 힘은 무자비할정도로 일정했지만, 칼수리의 힘은 용을 쓸 수록 빠질수밖에 없었으니까. 결국 얼마지나지 않아 칼수리는 모든 기력이 떨어졌다.

퍼억!

칼수리의 몸이 허무하게 바닥에 내리꽂혔다. 바닥에 내리꽂히는 충격때문인지 칼수리는 몸을 부들부들 떨었다. 하지만 아까처럼 괴성을 지른다거나 도망가려는 몸짓을 보이진 않았다.

대혁은 잘게 경련을 보이는 칼수리 가까이로 걸어갔다.

그리고 칼수리의 목줄기를 움켜쥐었다.

우둑!

자비없는 손길에 곧바로 목뼈가 꺾였다. 칼수리는 절명했다. 파닥거리던 날개짓도 뚝 끊겼다.

대혁은 칼수리의 목을 관통해 붙잡고 있는 작살을 수거하고 칼수리의 사체를 집어 들었다. 날개를 접고 있다고 해도 그 덩치는 골렘보다도 컸다. 하지만 골렘의 움직임은 전혀 무게를 느끼지 못하는듯한 움직임이었다. 그만큼 골렘의 완력은 강했다.

"파쿨타템."

대혁의 읊조림에 파쿨타템의 문이 열렸다. 대혁은 아무렇게나 칼수리의 사체를 안으로 던져넣었다.

정리는 안에 있는 골렘들이 알아서 차곡차곡 해놓을 것이다.

"흐음."

대혁은 팔짱을 끼고 고개를 갸웃했다. 벌써 칼수리만 10체 이상 잡았다. 나쁘지 않은 수확이다. 칼수리의 깃털과 부리, 발톱은 골렘의 몸체로 사용하기 적당하다. 특히 비행용 골렘으로 사용하기에 더 없이 좋다.

"단단하고, 경량이니까 더 없이 제격이지."

안 그래도 비행용골렘 몇 기를 계획하고 있었다. 거기에 칼수리의 깃털에서 채취한 금속과 다른 금속을 적절히 배합하여 쓰면 된다.

나쁘지 않은 수확이지만 대혁의 표정이 마냥 좋진 않다.

그것은 바로 대혁이 이 던전을 찾은 이유가 달리 있었기 때문이다.

대혁은 앞으로 벌어질 결전들을 앞두고 새로운 차원의 골렘을 제작하고 있다. 바로 요새 잉칼리움의 지하에서 천천히 만들어지고 있는 '그것'.

지금까지의 골렘들도 약하진 않다. 아니 오히려 매우 강한 편이다. 하지만 전략적으로 봤을 때 지금의 골렘들은 '병사'의 개념이다. 소규모의 국지전이나 단일개체를 상대할때는 유용하지만 일반의 범주를 넘어서는 초강자들에겐 무용하다.

이를테면 오천락같은 자에게도 골렘은 종잇장처럼 찢겨

나갔다. 물론, 그 골렘들을 잘 이용해 전략을 짜면 승리를 도모할 수 있긴 하다.

하지만 그보다 더 강한 자들. 이를테면 지구의 지배자 에인드리온을 상대로는 그에 걸맞는 더 큰 힘이 필요하다. 지금의 골렘만으로 에인드리온을 상대하는 것은 무리다. 어쩌면 인간과 개미의 싸움이 될지도 모른다. 개미가 아무리 많아봤자 인간이 한번 짓밟으면 수백 마리가 몰살하는것과 마찬가지인 것이다.

그래서 대혁이 생각하고 있는 것은 '병기' 개념의 골렘이다.

노바틱 행성에선 그런 골렘을 꽤나 많이 운용했었다. 길가베쉬를 쓰러뜨릴 때도 그런 골렘들의 도움이 컸나. 허나 여기서 한가지 문제가 생긴다. 그러한 골렘을 가동시키기 위해선 지금까지와는 차원이 다른 막대한 양의 마력이 필요하다는 것이었다.

지금 대혁이 직접 던전을 돌고 있는 이유도 그때문이다.

"이곳에도 마땅한 게 없군."

대혁이 고개를 절레절레 저었다. 이번에도 헛걸음이었다.

◆

잠들지 않는 도시 뉴욕. 둘째가라면 서러운 세계 최대의 메트로폴리스이자 관광, 경제, 치안 등 모든 것이 세계에서도 가장 발달한 도시.

뉴욕은 잠들지 않는 도시라는 그 명성에 걸맞게(?) 현재는 갖가지 던전 관련 이슈도 잠들지 않은 채로 들끓고 있었다.

그랜드파크 호텔의 한 객실. 투명한 전면창 밖으로 뉴욕의 환상적인 뷰가 앞마당처럼 내려다 보인다. 전명창의 앞엔 대혁이 있었다.

57번가에 위치한 이 호텔에선 뉴욕의 광활한 공원인 센트럴파크를 면해있다. 그야말로 최고의 요지에 자리잡은 호텔이니만큼 숙박료 또한 하룻밤에 수천불을 호가한다. 하지만 이미 돈 걱정은 할 필요가 없는 대혁이었다.

그는 기꺼이 거금을 지불하고 호텔을 잡았다. 이 근처에 있는 던전 몇 곳을 돌기 위해선 이 호텔만큼 휴식을 취하기에 적절한 곳도 없었다.

"후."

대혁은 그저 잔잔한 눈으로 저 멀리 어딘가를 내다보았다. 눈동자는 움직이지 않는다. 그저 어딘가로 고정시켜놓고 있다.

경관이야 휘황하다. 하지만 지금 대혁은 눈에 담는 경관에 감탄할 겨를이 없다. 대혁은 다만 머릿속 깊은 곳으로 침잠해 있었다.

'벌써 잉칼리움을 떠난지 일주일이 지났다. 하지만 아직 아무런 수확이 없군.'

약간의 조급함도 들었다. 에인드리온이 언제 본격적으로 야욕을 드러낼지도 모르기 때문에.

창밖 뉴욕의 허파 센트럴파크엔 여유를 즐기러 온 사람들이 모래알처럼 많아 보였다. 그들에겐 분명히 평화와 여유가 넘쳐보인다.

대혁은 그 평화가 위장된 것처럼 느껴졌다. 실제로 지금 이 시간도 뉴욕의 곳곳엔 긴박한 사건들이 벌어지고 있다.

뉴욕에선 지난 한 달간 벌써 연달에 네 번이나 던전 브레이크가 일어났다.

뉴욕엔 최고라고 칠 만한 헌터들이 많기 때문에 대부분의 던전 브레이크를 경미한 피해만으로 진압하긴 했다.

하지만 '경미한 피해'로 던전 브레이크를 진압했다는 것은 결코 자랑이 될 수 없다. 최선은 던전 브레이크가 일어나기 전에 던전을 공략하는 일이다.

최고의 헌터들이 득시글 거리는 이 곳 뉴욕도, 감당하지 못할정도로 던전 브레이크의 가속화가 심화되고있다.

'아냐. 복잡하게 생각할 필요없다.'

대혁은 머리를 흔들었다. 아직 에인드리온을 맞상대할만큼 힘을 키우지는 못했지만, 당장 걱정해봐야 아무것도 변하지 않는다.

그저 지금은 할 수 있는 일을 하나 하나 해가는 게 최선의 선택일 것이다.

"…꺄!"

그때, 들릴듯 말듯 작은 비명소리가 들렸다. 평범한 사람이라면 그냥 지나칠법한 작은 소리였지만 감각이 송곳처럼 예리한 대혁이 놓칠리 없었다.

대혁이 팩 고개를 돌렸다.

소리는 대혁의 바로 옆 객실에서 나는 것이었다.

◆

대혁이 현재 묵고 있는 호텔은 5성급 그랜드 파크 호텔이다. 이 정도 호텔은 달라도 뭔가 다르다. 사용하는 자재부터 최고급이며, 바닥을 이루는 대리석, 붙박이 가구들에 쓰인 목재, 시설… 방음설비등.

그 중에서도 방음설비는 기본중에 기본이다. 이런 호텔은 평범한 사람은 이용하지 못한다. 적어도 어느정도의 재력이 있는 사람들만 이용할 수 있는 곳이다. 그들은 개인사생활을 중시한다. 그런 프라이빗을 보장하기 위해선 방음설비야말로 가장 공을 들여야하는 부분이다.

물론 그랜드파크호텔의 설립자는 이런부분을 아주 잘 알았고, 실제로 설계, 시공을 할때도 매우 주의를 했다.

방금의 소리도 그랬다. 그랜드 파크호텔의 방음설비로 보통 사람이라면 전혀 듣지 못할 소리였다. 하지만 대혁은 보통의 사람이 아니다. 아주 미세한 기척에도 반응할 수 있는게 대혁이다. 방금 들려온 여자의 비명소리를 포착한 것도 그런 연유로 가능했다.

대혁은 모든 종류의 소리에 민감하다. 그중에서도 특히

병장기가 부딪히며 내는 챙챙 거리는 소리, 살을 가르고 뼈를 부러뜨리는 파육음, 사람의 비명소리 같은 것은 자면서도 감지할 수 있게 감각이 발달되었다.

그것은 대혁의 삶과도 밀접한 관계가 있다. 대혁은 지난 20년간을 노바틱행성에서 보냈다. 그곳은 곳곳에 위험이 도사리고 있었고 한 눈을 팔면 그대로 죽을수도 있는 위험천만한곳이었다. 노바틱 행성에서 긴 시간을 살아왔고 그 대부분의 시간을 전장에서 보내온 대혁이기에 온갖 소리에 민감해야 했다. 그래야만 살아남을 수 있었고 결국 대혁은 보통의 오감을 초월해 감각이 발달하게 됐다.

소리로 듣고 코로 냄새를 맡고 피부끝으로 느끼고 눈으로 보고 이 모든것을 합해 새로운 육감을 깨우치게 된 것이다.

거기에 최근엔 수련을 거쳐 기공과 신체를 다루는 능력 또한 한단계 진일보 했으니 송곳 끝같은 감각의 예민함이야 두 번 말할필요도 없었다.

"……."

대혁은 상관없는 일이라고 생각하면서도 벽 너머의 소리에 귀를 기울였다. 던전이 아니라 이런 고급호텔에서, 사람의 다급한 비명소리는 어울리지 않는다.

그 부분이 대혁의 호기심을 자극했다.

◆

"다… 당신들 뭐야?"

여자 목소리가 떨려 나왔다. 큰 눈망울, 오똑한 콧날이나 붉은 입술. 그리고 새하얀 피부의 그녀는 남자라면 누가 봐도 한 눈에 빠져들만한 미모를 가진 아름다운 여성이었다.

그런 그녀의 안색이 점점 창백하게 탈색되고 있었다.

그녀는 지금 몹시 당황하고 있었다. 모처럼만의 휴가를 맞아 뉴욕을 찾았고, 다운타운에서도 가장 좋은 호텔중 하나인 그랜드파크 호텔에 객실을 잡았다. 그녀는 여유롭게 짐을 고, 막 샤워를 하고 나온 참이었다.

룸서비스로 와인과 간단한 안주를 시켰고 그걸 기다리고 있었다.

그리고 잠시 한 눈을 파는 사이였다. 언제 들어온 건지도 모르게 한 번도 본적이 없는 흉악한 인상의 남자들이 방안에 들어왔다. 호텔직원은 아니다. 그들은 허락도 없이 방안을 점거하고 그녀를 위협했다. 차려입고 있는 행색만 봐도 호텔 직원이라기 보다는 할렘에서나 볼법한 갱단에 가까웠다.

"킬킬킬."

여자를 포위라도 하듯 둘러싼 세 명의 남자는 대답대신 이를 보이며 섬칫하게 웃어보일 뿐이었다. 하나 같이 덩치가 상당한 남자들이었다. 스테로이드를 빨고 운동을 하는지 겉으로 드러나보이는 부분은 핏줄과 근육으로 그득했다. 그들은 연약한 여자 하나 정도는 언제든지 망가뜨릴 수 있을것처럼 보였다.

"겨… 경찰에 신고하기 전에 당장 여기서 나가!"

여자는 두려움으로 파들파들 떨고있었지만 간신히 용기를 내 소리쳤다. 하지만 남자들 중 그 누구도 그녀의 위협에 움츠러들지 않았다.

오히려 피식피식 웃거나 콧방귀를 낄 뿐이었다. 세 남자 중 중앙에 서 있는 남자가 우두둑 손가락 관절을 꺾었다. 누런 이를 드러내 보이며 그가 씩 웃었다.

"멍청한 년아. 경찰이 오기도 전에 너는 끝이야. 물론 경찰이 온다고 해도 달라질 건 없겠지만 말야."

남자의 거친 언사에 여자는 다시 꿀 먹은 벙어리가 되었다.

남자가 낄낄거리며 큼직한 손으로 머리의 문신을 만지작거렸다. 그는 빡빡 민 스킨헤드였는데 귀 위쪽으로 주먹만한 전갈문신을 새기고 있었다. 붉은전갈 타투는 언뜻 살아있는 것처럼 보였다.

그러고 보면 다른 남자들도 마찬가지다. 다들 몸의 한두군데에 전갈문신을 새기고 있었다.

그 전갈문신을 확인한 여자의 표정이 딱딱하게 굳었다.

"다… 당신들 그 문신… 설마… 레드스콜피…."

"쉿!"

여자는 아까보다 더 몸을 떨기 시작했다. 입술만 파들파들 떨던 것이 이젠 전신으로 퍼져 온 몸이 부들부들 떨렸다. 안 그래도 흰 피부는 점점 더 새하얗게 변해갔다.

눈은 화등잔만하게 커졌다. 그녀의 동공은 놀라움과 공포, 두려움들의 감정으로 가득 찼다.

붉은전갈문신이 의미하는 바는 간단했다.

레드스콜피온!

kkk단 같은 극우 인종차별주의자들로 구성되어 있는 조직.

범죄행위를 서슴지 않으며 자신들의 이념관철을 위해서라면 암살, 납치, 살인 등도 거리낌없이 수행하는 집단이었다.

그리고 그들이 그런 일을 할 수 있는 이유에는 커다란 비중으로 그들 사이에 '능력자' 들이 섞여있다는 것이 컸다. 능력자들이 법을 초월해 범죄행위를 일으킬수 있게 협력하는것이다.

"꺄아-!"

공포를 참지 못한 그녀가 비명을 지르려고 할 때였다.

"사일런스."

여지껏 세 명의 남자 뒤쪽에 묵묵히 서 있던 남자가 자그맣게 중얼거렸다. 그 한마디로 마나가 재배열되면서 내지르는 비명이 끊긴다. 사일런스. 강제적침묵상태를 만들어버리는 마법이다.

목소리가 나오지 않자 그녀의 표정이 더 질려간다.

마법을 사용한 남자는 시대에 어울리지 않게 로브를 푹 뒤집어 쓰고 있었다. 왜소해 보였지만 존재감만은 누구보다 확실했다.

남자는 사일런스로 여자를 침묵상태로 만들자마자 다시 마법을 부렸다. 자그마한 중얼거림과 함께 양손으로 원을 그리자 마나가 파문을 일으키며 퍼져나간다. 푸르스름한 마나는 이내 방안의 모든 벽에 들러붙었다. 마치 스펀지가 물을 빨아들이는 것처럼, 마나가 벽면에 스며들어 자취를 감춘다.

이번에 사용한 마법은 방안에서 일어나는 모든 기척과 소리가 밖으로 새어나가지 않게 민드는 '걸계' 형식의 마법이었다.

결계를 친 로브마법사가 입을 열었다.

"잡소리 늘어놓지 말고 빨리 끝내도록."

음침한 목소리였다. 아마 그가 이 남자들의 리더역할을 하고 있는걸로 보였다.

"예. 알겠습니다."

스킨헤드가 대답했다. 여자에겐 잔혹한 악당의 정석처럼 보이던 그가 로브남자에겐 깍듯했다. 그는 성큼성큼 걸어 여자의 앞에 섰다. 안 그래도 질려있는 여자는 이제 더 반응을 보이지도 못 할 정도로 애처로워보였다.

스킨헤드가 허리춤에서 두 뼘이 훌쩍 넘는 칼을 꺼내들었다. 날이 기형적으로 꺾여있고 선득한 냄새가 묻어나는 칼이었다. 저 두꺼운 팔로 저런 칼을 내리친다면 사람의 살과 뼈는 그대로 동강이 나버릴것같다.

“이건 네가 자처한 거야. 그러니까 TV에 나와서 아무 말이나 떠들어대면 쓰나?”

스킨헤드가 말했다. 그 말에 여지껏 부들부들 떨고 동공에 초점을 잃어가던 여자의 눈빛이 빛을 찾았다.

TV토크쇼에서 한 발언.

그것이 이 사단의 발단이 된 것이란건 아까 붉은 스콜피온 타투를 본 순간 여자도 이미 깨달았다.

여자의 이름은 레이첼 애니스톤.

세계적인 여배우였고, 최근에 헐리우드를 비롯한 영화계에서 가장 뜨거운 배우 중 하나였다.

그녀는 주로 악녀나 표독스러운 연기들을 자주 맡곤 했는데, 그런 영화속에서의 배역과 달리 실제 인성은 매우 올곧고 선했다.

예를 들어 수십억을 한 번에 기부 한다거나, 어느날 아프리카로 훌쩍 봉사를 떠난다거나, 토크쇼에 나오면 개념있는 발언을 자주하곤 하는 것이다.

영화속 배역과 다른 그런 모습에 사람들은 더 열광했다.

그리고 얼마전 토크쇼에서 레이첼은 ‘인종차별주의’에 경종을 울려야 한다며 레드스콜피온과 같은 극우범죄집단을 질타했다.

"너 같이 쓸데없이 이름값만 높은 것들이 주제도 모르고 입을 놀리면 골치아파진단 말이지. 시건방지게."

스킨헤드는 혀로 차가운 칼날을 핥았다. 그 모습이 섬뜩했다.

"후회하게 만들어줄게."

그 말을 듣는 레이첼의 눈빛은 지금까지와 달랐다. 여전히 겁을 집어먹은 눈이긴 하지만, 그 두려움 사이에 올곧은 눈빛이 조금씩 비집고 나왔다.

그녀가 입을 빼끔거렸다. 소리는 나오지 않지만 입 모양을 보면 대충 무슨 말을 하는지는 알 수 있었다.

'후회하지 않아.'

'당신들 같은 인종차별주의자야 말로 사회에서 없어져야 할 부류야.'

그 말에 재밌다는 듯 웃고 있던 스킨헤드의 표정이 빠르게 경직되었다. 스킨헤드의 얼굴 근육이 꿈틀 꿈틀 움직였다. 기분을 반영이라도 하듯이 입술이 과격하게 비틀어지고 거친언사가 튀어나온다.

"이런 썅년이."

스킨헤드는 더 볼 것도 없다는 듯 높게 팔을 들어올렸다. 손에 쥐여있는 칼날이 번뜩 빛났다. 이대로 내리찍어 본보기를 제대로 보여줄 셈이었다. 언론에선 갑자기 사라진 레이첼에 대해 의견이 분분해질 것이다. 왜 세계 최고의 높이에서, 주목을 받고 있던 배우가 하루아침에 사라졌을까?

온갖 스포트라이트를 받던 그녀가 모든 걸 내던지고 잠적했을까?

어쩌면 미스테리 모음집같은데 오르내릴지도 모른다. 그리고 네티즌이나, 호사가들은 뜬소문처럼 하나의 가설을 떠올릴 것이다.

레이첼이 잠적하기 전 마지막으로 출연했던 방송에서 언급했던 '레드스콜피온' 어쩌면 그들과 관계된 것이 아닐까? 극우관련발언을 잘못한 탓으로, 레드스콜피온을 질타한 이유때문에 레드스콜피온이 레이첼을 죽여없앤 것이 아닐까?

그 실체없는 소문들이 레드스콜피온에 대한 두려움을 증폭시킬 것이다.

그것이 레드스콜피온이 원하는 바였다.

높다랗게 들어올린 칼을 내리치며 스킨헤드가 싸늘하게 말했다.

남자가 입술을 비죽였다.

"그냥 죽어!"

스킨헤드가 칼을 내리찍으려는 바로 그 순간이었다. 이제 레이첼의 죽음이 코 앞으로, 바로 1~2초 앞으로 다가선 순간. 조금이라도 늦었다면 레이첼의 아름다운 얼굴이 두 동강이 나버릴수도 있는 그런 상황.

절묘하게도 바로 그 순간에.

쾅!

문이 통째로 박살났다. 문고리며, 경첩같은 부속물이 사방으로 튀어나갔고, 떡갈나무로 만든 문이 우수수 나뭇가루로 흩어져 내렸다.

갑작스러운 상황에 스킨헤드를 비롯한 레드스콜피온의 일원들은 소리가 난곳으로 일제히 고개를 돌렸다. 그들의 표정에 하나같이 놀라움이 묻어있었다. 대체 누가?

사라진 문 뒤에서 목소리가 들려왔다.

그들은 곧 목소리의 주인이 누군지 확인할 수 있었다. 처음보는 동양인 남자.

바로 대혁이었다.

"아… 이거 미안. 문을 연다는 게 그만 부숴버렸네."

그가 머쓱한 웃음과 함께 등장했다.

◆

호텔룸 안에 있던 인물들의 표정은 하나같이 '어안이 벙벙' 했다. 그들중 누구도 이와같은 상황을 예측한 사람은 없었다.

그 중에서도 가장 극적으로 표정이 변한 사람은 로브를 입고 있는 마법사였다. 분명히 방 전체에 '괴리성 결계' 를 쳐놨다. 소리던, 인기척이든 방을 방외부와 완전히 격리시켜놨다. 평범한 사람이라면 아니, 결계를 친 마법사 이상 가는 실력자가 아니라면 이 안에서 벌어지는 일을 눈치 챌

가능성은 없다.

로브를 입은 남자는 다시금 남자를 쳐다봤다. 그런데 저 남자는 이 안에서 벌어지는 일을 눈치채고 문을 박살냈다.

그것은 자신의 마력을 뛰어 넘는 그 이상의 간섭력이 저 남자에게 존재한다는 것이었다.

로브남자는 침을 꿀꺽 삼켰다. 저 남자가 자신보다 강할 수도 있다는 사실을 믿을 순 없지만 그나마 로브남자 정도는 어느정도 경계심을 품고 대혁을 쳐다보았다. 뒷머리를 긁적이며 나타난, 조금은 허술해 보이는 저 남자에게 여차하면 마법을 난사할 준비를 하면서.

"이거 5성급 호텔맞아? 이게 웬 소란이야? 동물원도 아닌데 노란원숭이가 돌아다니고."

스킨헤드가 말했다. 그는 로브마법사처럼 심각해지지 않았다. 어떤 상황인지도 쉽게 이해하지 못하는 듯했다. 하긴 그는 각성자중에서도 가장 하급이었다. 헌터자격증도 취득 못할정도였다.

강자를 알아보기 위해선, 본인자체도 어느정도 실력이 있어야 한다. 까마득한 아래의 실력으론 상대의 실력을 가늠하는 일조차 버겁다. 지금의 상황이 그랬다. 대신 그는 나타난 남자가 '황인종' 인 것을 알고는 이죽거릴뿐이었다.

스킨헤드는 자신의 농담이 마음에 들었는지 동료 세 명과 낄낄대며 웃었다.

대혁은 여유롭게 그의 인종차별성 발언을 받았다.

"그러게 말야. 근데 내가 노란원숭이면 너는… 대머리원숭이인가?"

대혁이 쿡쿡 웃으며 말했다. 어설픈 영어였지만 전달하는 바는 명확했다. 스킨헤드의 얼굴이 시뻘게졌다. 그가 칼을 훙훙 휘둘렀다. 파공성이 섬칫했다.

"문앞에서 떠들지 말고 이리 들어와라."

스킨헤드가 손짓했다. 그는 애초에 인종차별적 집단인 레드스콜피온 소속이다. 대혁같은 황인종에게 이유없는 분풀이를 하는 것이 그가 가장 잘 하는 일이다.

그것은 그의 타고난 천성이었다. 각성자가 된 후에, 그러한 성격의 조직에 속하기 되었기 때문이 아니라 태어났을 때부너 '그냥' 그랬다.

백인이 아닌 흑인이나 황인, 그 중에서도 작고 약하고 소심한 황인은 특히나 그의 타깃이었다. 학창시절부터 그랬다. 그는 학교에 몇 없는 황인을 골리길 좋아했다. 욕하고, 놀리고, 따돌리고, 때렸다. 20살이 되기 전에 몇차례나 범죄전력을 얻고, 수감되었던 것은 모두 그의 그런 성정때문이었다.

대혁은 어깨를 으쓱하고 방안으로 들어왔다. 문이 박살났음에도 구경나오는 사람은 없었다. 그것은 아직 마법사의 결계가 작동하고 있었기 때문이다. 안에서 나는 소리는 아직 밖으로 새어나가지 않는다.

"어떤 상황인지 설명을 들어볼 수 있을까요?"

대혁이 말했다. 대상은 바닥에 주저앉아 눈물범벅으로 얼굴화장이 지워진 여성을 향해서였다. 방으로 들어온 대혁은 다른 사람은 모두 무시했다. 그저 레이첼에게만 눈을 맞추고 질문을 던질뿐이었다.

레이첼의 머릿속이 훤해졌다. 문이 깨부셔질때까지만 해도 어떤 상황인지 인지하지 못했다. 하지만 지금은 알 수 있을것 같았다. 그녀는 눈 앞에 나타난 저 남자의 등장이 바로 자신을 구하기 위함을 알아챘다. 곧 그녀는 도리질을 쳤다. 눈 앞에 있는 남자들은 평범한 사람들이 아니다. 레드스콜피온 소속의 블랙헌터, 그리고 싸움에 이골이 난 인간들이다.

동양인 한 명 더 죽이는것은 일도 아니란 얘기였다.

"도망가요! 이들은…."

"아니요."

레이첼은 대혁이 헛된 죽임을 당하지 않길 바랬다. 하지만 대혁은 고개를 저으며 그녀의 말을 일축했다.

"네?"

"괜찮으니까 말해봐요. 어떤 상황이죠?"

"……."

레이첼은 대혁의 목소리에서 묘한 안정감이 느껴진다고 생각했다.

후.

그녀가 길게 한 숨을 내쉬었다. 두근 두근 터질것처럼

뛰던 심장이 정상심박수를 찾아갔다. 줄줄 흐르던 눈물이 멈췄다. 레이첼은 아까보단 훨씬 평온한 어조로 말했다.

"저… 저는 배우예요…. 얼마 전, TV에서… TV프로에서 어떤 발언을 했어요."

"어떤 발언이었죠?"

"인종차별을 지탄하는… 내용의 발언이었어요."

"그래서요?"

"저들은 인종차별주의집단인 레드스콜피온이예요. 저들이 아마 그 발언을 본 모양이예요."

"그래서 당신에게 해코지 하러 왔다는 건가요? 고작 TV 프로그램에서 인종차별주의를 지탄하는 발언을 했다는 이유로요?"

레이첼 애니스톤은 대답대신 묵묵히 고개를 끄덕였다. 참담해보이는 표정이었다. 단순히 인종차별주의를 규탄하는 발언으로 죽을 위기직전까지 처했었다는 사실이 그녀에게도 큰 충격이었으리라.

대혁은 고개를 끄덕였다. 그의 표정이 조금 진지해졌다.

"흠. 그렇군요."

스킨헤드를 비롯한 나머지 인원들은 모두 팔짱을 끼고 대혁과 레이첼이 하는 양을 지켜보고 있었다. '이 새끼 이거 뭐하는 새끼지?' 그들의 표정이 말하는 바는 간단했다.

대혁이 어찌나 당당하게 행동하는지 황당함마저 사라질 정도였다.

"얘기는 다 끝났나? 옐로우몽키."

스킨헤드가 말했다. 그는 위협을 하려는 목적으로 칼을 들어올렸다. 아까 레이첼에게 그랬던것처럼 그는 칼을 들어올렸다. 혀로 칼날을 핥아내려가는 장면은 , 본인에게는 섬뜩한 쾌감을 선사하고, 보는 상대에게는 공포감을 유발한다.

이번에도 그런 목적으로 혀를 내밀어 칼날을 핥으려는 순간이었다.

쯔컥!

잘린 혓바닥이 허공을 날랐다.

털퍼덕.

날아올랐던 혓바닥이 힘없이 바닥에 떨어지며 수축한다.

"억… 억?"

스킨헤드는 눈을 끔벅거렸다. 그러다가 잘린 혀뿌리의 단면에서 울컥울컥 새어나오는 비릿한 혈향을 느끼고서야 고통에 울부짖었다.

그 상황을 만든 장본인은 대혁이었다. 무토 요시노리와의 단련으로 이미 대혁의 체술은 웬만한 S급 헌터는 체술만으로 상대해도 무리없을정도로 강해져 있었다. 하물며 이런 동네 시정잡배같은 놈들은 자신이 죽었는지도 모르게 처리할 수 있다.

"시끄럽군."

다시 한 번 대혁의 손이 번개처럼 움직였다.

쯔컥!

손은 뱀처럼 움직여 스킨헤드의 아랫턱을 올려쳤다. 놈의 아랫이가 윗니와 맞부딪히며 부러진 잇조각이 튀어나왔다.

"꺽!"

스킨헤드는 단말마와 함께 벽으로 날아가 처박혔다. 꾸르르륵. 그의 입에서 피거품이 새어나오더니 그대로 고개를 꺾었다. 90kg가 넘는 거한이 단 일격에 의식을 잃어버렸다.

"헉!"

나머지 둘은 기겁을 하며 숨을 집어 삼켰다. 워낙에 갑작스럽게 일어난 일이라 어떤식으로 스킨헤드가 날아간 것인지에 대해서는 알 수 없었지만 눈 앞의 동양인 남자가 일을 벌인 것이란 건 본능적으로 알아챌 수 있었다.

이런 상황에서 그들이 할 수 있는 일이라곤 두 가지 선택지밖에 없다. 도망가거나, 아니면 맞서 싸우거나.

만일 이 방에 있는 것이 두 사람 뿐이라면 두 사람은 망설임 없이 도망가는 쪽을 선택했을 것이다. 하지만 아쉽게도 이 방에는 다른 사람이 한 명 더 있다. 바로 로브를 입고 있는 남자.

알 수 없는 동양인 남자에 대한 두려움보다, 지난 몇 년간 알고지낸 로브를 입고 있는 남자에 대한 두려움이 더 컸다. 하는 수 없이 두 거한은 대혁과 맞서 싸우는 수 밖에 없었다.

훙!

커다란 주먹이 움직인다. 느릿한 주먹이지만 웬만한 격투기 선수의 주먹보다는 훨씬 강한 힘이 담겨있는 주먹이었다. 애초에 각성자라는것은 보통 인간보다는 훨씬 강한 존재니까. 하지만 대혁이 보기에는 하품이 나올정도로 느렸다.

정직하게 일직선으로 뻗어오는 주먹을 대혁은 바깥으로 피했다. 주먹을 가볍게 내질러 곧게뻗은 팔의 중앙을 쳤다.

"커억!"

팔꿈치가 역으로 꺾인 남자가 비명을 토하며 자신의 팔을 껴안았다. 대혁은 주저앉은 남자의 얼굴을 발로찼다. 고개가 팩 돌아가며 남자는 의식을 잃었다.

다른 남자도 간단하게 처리했다. 정강이를 차 무릎을 꿇린 후에, 니킥으로 안면을 박살냈다. 코 뼈가 주저앉고 이가 옥수수알갱이처럼 우수수 튀어나와 허공을 수놓았다.

"……."

눈깜짝할새에 거한 세 명이 바닥과 키스를 하는 상황이 연출되었다. 로브남자는 자신의 부하들이 모두 무릎 꿇자 조용히 마력을 끌어올렸다. 언제든 공격을 할 수 있도록 준비를 끝낸 남자가 물었다.

"네 놈은 누구지?"

"넌 누군데?"

"……."

"말 못해? 그럼 나도 어렵지."

대혁은 여유로웠다. 이 예상치 못한 전개에 로브 남자는 적잖이 당황한듯 싶었다.

"오늘은 여기서 물러나지."

"누구 맘대로?"

로브남자는 끌어모은 마력으로 즉시 속성변화를 했다.

화라라라락!

한순간에 타오르는 거대한 불화살 십여 개가가 떠올랐다.

"내 마음대로다."

"그깟 불화살로 뭘 어쩌려고?"

"네 놈에겐 피해를 줄 수 없을지 몰라도…."

로브남자가 턱짓으로 레이첼을 가르켰다.

"이 숫자를 한 번에 막을 순 없을것이다. 그럼 저 여자는 죽게되겠지."

"그러니까 이 여자를 살리고 싶으면 네가 도망갈 수 있게 조용히 놔두라 이건가?"

"그렇다."

대혁은 턱을 짚고 고뇌하는 표정을 지었다. 머리를 긁적였다가 눈을 감았다가, 한 숨을 푹 쉬었다.

"근데… 그런 협상은 양측의 입장이 수평일때 하는 거 아닌가?"

"뭐…?"

"나는 그 불화살에 전혀 피해없이 네 놈을 때려잡을 자신이 있는데 네가 도망가게 놔둘 필요가 없잖아."

슉!

순간 대혁의 모습이 사라졌다. 마치 하늘로 치솟거나 땅으로 훅 꺼지는 듯한 움직임이었다.

하지만 그런 것은 아니었다. 단지 빠른 움직임으로 인해 장내에 있는 사람들이 순간 대혁의 움직임을 놓쳤을 뿐이다.

이변을 알아챈 로브남자가 입을 달싹여 불화살을 날려보내려고 할 때, 이미 대혁은 남자의 눈 앞에 당도해 있었다.

"응 안돼."

짜악!

대혁이 로브남자의 뺨을 갈겼다. 남자의 입술이 터져나갔다. 주문을 외긴 커녕 갑작스러운 충격에 불화살을 유지할 마력을 공급하지 못했다.

화라락!

마력공급이 끊기자 불화살은 곧바로 꺼졌다. 불화살이 꺼진 것을 확인한 대혁은 로브남자의 안면에 주먹을 박아넣었다.

마법을 사용하는 사람은 대체로 신체의 단련에 취약하다. 이 남자 역시 마찬가지였다.

남자는 곧바로 의식을 잃고 바닥에 머리를 받았다.

"……."

대혁의 등장부터, 레드스콜피온의 악한들을 정리하기까지 채 5분이 걸리지 않았다.

사태가 진정되자 안심이 된건지 레이첼의 눈에서 다시금

눈물방울이 뚝뚝 떨어져 내린다.

"이거."

대혁은 욕실에 걸려있는 수건을 가지고 나와 레이첼에게 건넸다.

"손수건이 없어서."

그제야 레이첼이 킥킥 웃었다. 그녀의 모습은 가히 여신이라고 해도 손색이 없을정도로 아름다워보였다.

"고마워요."

레이첼이 말했다.

레이첼의 신고로 곧 요란한 사이렌과 함께 뉴욕시경이 출동했다.

레드스콜피온은 블랙헌터집단이었기 때문에 헌터 몇명이 시경과 대동해서 출동했다.

헌터들은 레이첼과 친한듯이 대화를 주고 받았다. 아무리 여배우라지만 헌터와 저런 친분이 있을까 싶을 정도였다.

대혁도 상황에 대해 간단히 진술했고 시간이 되면 참고인조사를 위해 서에 출석해달라는 얘기를 들었다.

"그럴 필요는 없어. 내 은인이신데 더 귀찮게 해드리긴 싫어."

레이첼이 말했다.

아무리 유명한 배우라지만 공권력을 집행하는데 저럴 권리가 있나 싶었다.

의문을 표하자 레이첼이 웃으며 답했다.

"어차피 이 일은 헌터범죄라 협회쪽으로 이관될 거예요."

경찰이 맡던, 협회쪽으로 이관되어 그들이 처리를 하던 그게 무슨 상관인가 싶었다.

그녀는 그냥 배우가 아니던가?

이상하다 싶었지만 대혁은 더 의문을 표하지 않았다.

◆

헌터협회 부회장 페르낭 그라비는 골치 아픈 일에 휘말려 있었다.

"……."

그는 자신의 집무실에서 테이블 위에 늘어놓은 사진 몇 장을 차례대로 관찰했다.

천천히, 믿을 수 없는 것을 보는 것처럼 그의 눈이 사진을 하나하나 훑어내려갈 때마다 의심, 놀라움, 당혹 등의 감정으로 천천히 변해갔다.

"이건 영락없는 내 기술…."

차마 말을 잇지 못하는 페르낭이었다. 사진에는 미라와 같이 비쩍 마른 시체들이 늘어져 있었다.

남녀노소 가릴 것 없이 한때는 살아움직였을 인간들이 생기와, 피가 다 빨려 뼈에 피부가죽을 붙여놓은 모양새로 죽어있다.

페르낭 그라비가 헌터협회 부회장이 될 수 있었던 이유는 그가 젊고, 유능하며 수완이 좋은 사람이기도 했지만 결정적이었던건 헌터로서의 그의 능력이 누구도 부정할 수 없을 정도로 뛰어났기 때문이다.

바로 흡기(吸氣) 혹은 드레인 에너지(drain energy)라는 기술때문이었다. 이름 그대로 상대의 마나, 혹은 생체에너지를 빨아들이는 기술. 단순히 상대의 에너지를 빨아들이는 것뿐만이 아니다. 빨아들인 에너지는 일시적으로 '자기화' 할 수 있다.

이를테면 S급헌터 열 명분의 에너지를 일시에 흡수한다고 치면 페르낭 그라비는 S급 헌터 10명분의 힘을 가지게 되는 것이다.

그리고 그 힘은 단순히 S급 헌터 10명이 할 수 있는 일을 초월할 것이다.

물론 그런 먼치킨적인 기술이라고 해도 한계가 없는 것은 아니었다. 몇 가지 자잘한 단점들이 존재한다. 이를테면 거리가 멀어지면 흡입할 수 있는 에너지의 한계가 생기는 것이다.

어쨌건 그런 단점을 감안하고라도 그의 능력은 명실상부 유용하면서도 가장 희귀한 능력임에 틀림없었다.

헌터협회는 모든 헌터들의 정보를 가지고 있다. 그런 협회에서 부회장으로 낙점할정도의 능력이니 그 능력의 희소성에 대해서는 두 번 언급할 필요도 없다.

그리고 문제는 바로 그런부분에 있었다. 페르낭 그라비가 살펴 본 사진. 그 사진에 있는 미라들의 모습은 바로 페르낭 그라비가 능력을 사용했을시 기력을 모조리 빨린 상대들의 모습과 흡사한 것이었다.

"……."

사진에 있는 인물들은 모두 헌터들. 그것도 블랙헌터 소탕에 힘쓰던 일선요원들이었다. 그들이 '페르낭 그라비의 것으로 보이는 능력' 에 당해 죽었다는 것은 자칫 큰 문제로 확전될 수 있다.

페르낭은 이 사진을 가지고 온 눈 앞의 비서, 줄리언에게 물었다.

"원로회에도 이 소식이 들어갔나요?"

"아직입니다."

"그럼 이 얘기는 어디까지 알고 있는 거죠?"

"현재는 패트롤 내에서만 취급되고 있는 것 같습니다."

패트롤.

헌터협회 내부의 감찰단이다. 헌터협회는 현시대에 들어서는 가장 막강한 힘을 구가하는 거대기구다. 그러니만큼 그 힘이 헛된 곳에 쓰이지 않도록 감시하는 기구가 필요한 것은 당연했다.

패트롤은 헌터협회 소속이면서도 어느쪽에도 크게 치우치지 않는 독립적인 기관이었다.

헌터협회내부는 원로회와 회장파 크게 두갈래로 나뉘여

있지만 패트롤은 패트롤 그 자체로 존재한다.

"그럼 솔리드는 알고 있겠군요."

솔리드는 패트롤의 리더다. 그가 이끄는 패트롤은 이미 협회내 수많은 부정부패를 적발해 척결한 전례가 있었다.

실제로 전대 협회 부회장은 솔리드가 지휘하는 패트롤의 수사에 구린 뒤를 낱낱이 파헤쳐진 적이 있었다. 지금 전대 부회장은 블랙헌터 범죄자들이 수감되어있는 '밴 프리' 에 수감되어 있었다.

솔리드는 대쪽같은 사내였다. 전대 헌터협회 부회장은 솔리드가 패트롤의 리더가 될 수 있도록 많은 힘을 보태준 사람이었다. 하지만 그런 인연에도 불구하고 솔리드는 가차없이 전대 부회장을 징벌했다.

공과사를 확실히 갈라 판단하는 사건덕에 패트롤과 솔리드의 위상은 한층 더 올라갔다. 그의 몸 속엔 피 대신 철이 흐른다는 얘기가 있을 정도였다.

"후…."

머리가 지끈지끈 아파왔다. 페르낭은 관자놀이를 엄지로 꾹꾹 눌렀다. 술도 담배도 피지 않는 페르낭은 스트레스를 해소하는 방법이 몇가지 없었다.

그나마 줄리언이 정보를 입수해오지 않았다면 대처도 하지 못할 뻔 했다.

"우선 자체적으로 이 사안에 대하 조사를 좀 해주세요."

"제가 직접 나서면 되겠습니까?"

"네. 줄리언이 직접 믿을만한 헌터 몇 명을 꾸려서 조사해주세요."

"알겠습니다."

"이건 정말 중요한 문제입니다. 명백히 저와는 관련이 없는 일이지만 만일 누군가 엮으려고 든다면 제게 타격이 될 수 있어요."

"사태의 심각성은 저도 인지하고 있습니다."

"그리고 조심해 주시구요. 만일 이 능력자가 정말로 저와 동일한 능력을 가진사람이라면…."

자신의 입으로 이런말을 하긴 뭐하지만 페르낭의 능력은 정말 '사기'에 가깝다. 페르낭은 줄리언이 아니라 S급 랭크 너댓 명이 덤벼와도 너끈히 상대할 수 있다. 만일 줄리언이 이 사진속 참사를 일으킨 능력자와 맞상대를 한다면 목숨을 부지하기 어려울 것이다.

"무슨 얘기인지 정확히 입감했습니다."

"부탁드립니다."

줄리언이 고개를 숙이고 집무실을 바져나갔다. 후. 하고 페르낭은 한숨을 길게 내쉬었다. 의자에 깊숙히 몸을 뉘이며 그는 생각에 빠졌다.

원로회는 자신을 물어뜯기 위해 혈안이 되어있다. 만일 이 일을 알게되면 어떻게든 자신과 엮으려고 들것이 분명했다.

"이 자리에서 날 끌어내리려고 안달을 하겠지."

헌터협회 부회장이라는 직책은 직함을 얻는다고 끝이 아니다. 내부적으로도 끝없는 부침과 아귀다툼이 있는 직책이었다.

띠리리.

그때 페르낭의 전화벨이 울었다. 액정을 확인한 페르낭의 표정이 모처럼만에 풀어졌다.

그는 수화버튼을 드래그해 전화를 받았다.

◆

뉴욕을 찾은 이후 4번째로 돌았던 던전마저 허탕을 쳤다. 매일이 벅찬정도로 빽빽한 일정이었다. 대혁은 하루 하루를 걸러가며 그랜드파크 호텔 주위에 있는 던전을 돌고 있었다. 던전의 내부는 평범한 사람이라면 전부 돌아가며 파악하기엔 지나치다고 해도 될 정도로 넓다.

하지만 수백기의 골렘을 운용할 수 있는 대혁에겐 하루 안에 던전 내부를 전부 돌아보는 일도 어려운 일이 아니었다. 각기 다른방향으로 골렘을 보내면 던전의 끝에서 끝까지, 하루 안에 세세히 파악할 수 있다.

"내가 제대로 찾은 것이 맞나? 뉴욕엔 전통적으로 고용량의 마나스톤이 많다더니…."

지금까지는 쓸만한 마나스톤을 찾지도 못했다. 그저 한국에도 있을법한 평범한 마나스톤만 나왔을 뿐이다.

띵동.

그때 호텔 벨이 울렸다. 요기를 하기 위해 룸서비스로 파스타를 시켜놨기에 대혁은 당연히 룸서비스가 도착한 줄 알았다. 하지만 문을 열자 기다리고 있는건 예상하지 못한 인물이었다.

“안녕하세요?”

남자라면 누구라도 넋을 빼놓고 볼만큼 아름다운 외모. 듣기 좋게 편안한 억양의 영어. 바로 바로 옆 객실에 묵고 있는 레이첼 애니스톤이었다.

“무슨 일로?”

대혁이 짤막하게 물었다. 레이첼은 싱긋웃어보였다.

레이첼은 객실에서 그런 소란이 있었음에도 방을 옮기지 않았다.

아니 오히려 그 객실에 무슨 의미가 있는 것인지 헌터와 경관들의 만류에도 불구하고 계속 그 객실에 남아있기를 선택했다.

대혁은 모르는 이야기지만.

하여간 대혁은 초대하지 않은 손님의 등장에 조금 당황했다. 천만불짜리 미소를 지어보이던 레이첼이 말했다.

“숙녀를 가만히 밖에 세워둘 건가요?”

“아. 그게.”

대혁이 머리를 긁적거렸다.

“파스타를 1인분밖에 안시켰거든요,“

파스타요?"

"네. 이제 곧 올 때가 됐는데…."

"……."

레이첼이 피식 웃었다. 대혁의 말인즉슨 파스타 1인분을 시켰고, 레이첼이 지켜보는 가운데 그걸 혼자 먹고있기엔 부담스럽다는 얘기였다. 레이첼이 고개를 살짝흔들었다. 그녀의 고갯짓에 따라 웨이브진 머리가 찰랑거리며 흔들렸다. 과하지 않은 향수가 은은하게 풍겨온다.

"제가 파스타 먹자고 찾아온 것 같아요?"

"그건 아니겠지만 저 혼자 먹기는 뻘쭘하지 않을까요?"

"사실 할 말이 있어서 왔어요."

"말씀하세요."

"저녁같이 할래요? 물론 이 호텔의 룸서비스로 나오는 파스타도 맛이있는 편이지만… 훨씬 더 근사한곳에서 고급스럽고 맛있는 식사를 대접할게요."

"갑자기 왜…."

여자가, 그것도 레이첼정도 되는 여자가 먼저 식사신청을 하는 것은 쉽게 보기 힘든 일이다.

받는 남자입장에서도 그렇다. 이런 미인이 이렇게 청해오는데 어떤 사내가 거절할 수 있을까? 그러나 원수의 앙심마저 녹여벌리 것같은 그녀의 미모에도 대혁은 끄떡없었다.

"파스타를 주문해놔서요."

"잠깐만요. 어… 그러니까 그 쪽 이름이?"

"우대혁입니다."

"이제야 내 은인의 이름을 알았군요."

"……."

"그래요 우대혁씨. 정말로 아직도 내가 이러는 이유를 모르겠어요?"

"왜죠?"

눈치가 없는건지 아니면 그저 무뚝뚝할뿐인지 대혁은 여전히 무심하게 대답했다. 레이첼의 이마에 살짝 열십자가 돋아났다가 사라졌다. 자신에게 이 정도로 무뚝뚝한 남자는 처음이었다.

여느 남자건 한번이라도 레이첼의 외모를 본 남자는 그녀에게 먼저 작업을 걸어왔고, 레이첼은 그런 생활에 익숙했다. 원하는 남자라면 그게 누구라해도 손에 넣을 수 있었다. 물론 그렇다고 그녀는 상대의 감정을 마음대로 소모시키는 사람이거나 모든 남자를 만나고 다니는 문란한 여자는 아니었다.

대부분의 남자관계에 있어서 단호하게 선을 그어왔고 헐리우드 배우생활을 하면서, 수 많은 파파라치를 이끌고 다니면서도 단한번도 추문에 휩쓸리지 않은것도 그런 그녀의 반듯한 사생활이 있었기 때문이다.

그런 그녀가, 먼저 식사를 하자고 청했다. 그것도 다름이 아니라 이제 일면식밖에 없는 동양인 남자에게.

그녀를 다루는 기사나 파파라치라면 그에 얼마나 놀랄만한 일인지 알 것이다. 하지만 어쨌거나 정작 당사자인 대혁은 시큰둥했다.

"아…."

그저 입을 쩍 벌리고, 레이첼에게 의례적으로 대응할뿐이었다. 이브닝드레스까지 곱게 차려입고 자신만만하게 나타난 레이첼은 '이 남자 게이인가?' 라는 의심을 짧게나마 품을 정도였다.

마침 타이밍도 알맞게 드르륵 거리는 소리와 함께 웨곤을 밀며 호텔직원이 다가오고 있었다. 방향도 이 쪽을 향하는것이 아마 파스타를 싣고 오는 것이리라.

왜 인지 모르게 저 직원이 다가오는것이 카운트처럼 느껴지는 레이첼이었다. 그녀는 다급해지는 마음을 애써 숨기며 대혁에게 다시 딜을 제시했다.

"음. 사실 저번에 있었던 일이요."

"예."

"그런 일이 벌어진다는 것이 흔한 것은 아니잖아요?"

"그렇죠."

"더군다나 당신은 그런 일에서 저를 구해줬어요. 생명의 은인이라구요."

"네."

"음… 무슨 얘기냐면 그러니까 저는 당신에게 사심이 있어서 이러는 건 절대 아니구요. 그러니까… 생명의 은인에게

밥한끼 대접해드리고 싶어서 그래요. 그리고 마침 비는 시간이 오늘밖에 없구요. 그러니까 당신은, 아니 대혁씨는 오늘 반드시 저랑 디너를 같이 해야해요."

그러니까를 몇번이나 반복하면서 레이첼은 열성으로 설명했다. 팔짱을 끼고 레이첼의 말을 듣던 대혁의 표정이 미묘하게 변했다. 레이첼의 설득중 어느부분이 핀트가 맞아 대혁을 설득했는지 모르겠지만 모처럼 대혁의 입에서 긍정적인 말이나왔다.

"그렇게 되는 거군요."

대혁은 고개를 끄덕이며 첨언했다.

"그럼 같이하죠. 오늘 저녁."

레이첼의 표정이 환하게 펴졌다.

◆

대혁이 시켜놓은 파스타는 호텔룸에서 홀로 식어갔다. 대혁은 파스타를 덩그러니 내버려두고 레이첼을 따라 호텔을 내려왔다.

"고마워요. 오늘. 갑작스러운 제안에 응해줘서."

"이래뵈도 저도 좀 미식가라서요. 맛있는 음식을 보답해 주신다니 호기심이 동한 거죠. 뭐."

"……."

기대했던 대답은 아니었는지 레이첼의 표정이 미묘하게

바뀌었다. '아름다운 숙녀와 함께 하는 저녁이니 거절할 수 없는게 당연하지 않을까요?' 정도의 대답을 기대했으리라.

와아앙!

과격한 엔진음을 내면서 차 한대가 지하주차장으로부터 올라왔다. BMW의 베스트셀링카 3시리즈. 3시리즈의 고성능 버전인 M3였다. 차는 레이첼의 앞에 멈춰섰다.

파킹직원이 운전석에서 내렸다.

"타죠. 운전은 제가 할게요."

"차가 좋군요."

대혁이 차에 오르며 말했다. M3는 뭇 남성들의 로망인 자동차이기도 했다. 레이첼이 살풋웃었다. 그녀가 벌어들이는 수입에 비하면 이 정도 차량의 가격은 검소하다고 할 수 있는 편이었다.

"제 취미중 하나거든요. 운전은."

과연 그녀의 말대로 운전솜씨는 남성 드라이버에 비해서도 손색이 없었다. 하지만 뉴욕의 저녁시간대는 만만한 도로사정을 보여주지 못했다. 사방이 정체인 구간에서 M3는 곧 굼벵이처럼 움직일 수 밖에 없었다.

다행히 레이첼이 예약을 잡아놓은 레스토랑은 멀지 않은 곳에 자리잡고 있었다. 식당에 들어가기 전부터 레이첼은 레스토랑에 대한 자랑을 늘어놓았다.

아뮤즈부쉬부터 시작한 코스요리를 먹고 나면 입안과 뱃속이 동시에 황홀하다는 것이다.

"분위기도 괜찮네요."

내부는 심플하면서도 충분히 고급스러웠다. 멋을 내려고 하지 않아도, 내부 장식에 쓰인 자재나, 색감의 조화가 고급감을 끌어올렸다.

"그렇죠? 제가 가장 좋아하는 식당중 하나에요."

"그렇군요."

"저도 자주 오진 못해요. 원래 이런데서 먹으려면 한 달 전 부터 예약을 해야 하거든요."

"절 만날거란 걸 한 달 전부터 예상하신 건가요?"

대혁이 농담을 던졌다. 레이첼의 얼굴에 은은한 미소가 맺힌다.

"그런가…? 흠. 그랬다면 평소에 관리를 좀 해 왔을텐데… 사실 요즘 몸에 군살이 좀 붙었거든요."

전혀 그래 보이지 않는다. 그녀는 이상적인 몸매를 가지고 있었다.

"요즘 촬영이 없다보니, 마음 놓고 살아서…."

레이첼은 살짝 수줍어 보이는 낯빛으로 말했다.

"그런 것 치곤 훌륭하신 걸요?"

"네?"

대혁의 말에 레이첼이 양손으로 자신의 몸을 끌어안고는 익살스러운 표정을 짓는다.

"다 보신 거예요?"

"뭐… 저도 눈이 있으니까?"

얼굴이 예쁘다거나, 몸매가 좋다는 말을 항상 들어온 레이첼이다. 하지만 대혁에게 듣는 칭찬은 또 다른지 레이첼은 기분좋은 미소를 띠고 서버에게 주문을 했다.

"그냥 코스요리로 할게요. 괜찮죠?"

"네. 저는 시켜주시는 대로 먹을게요. 뭐든 잘 먹거든요. 룸서비스 파스타보다는 맛있겠죠?"

"그 점은 보장해요. 말했다시피 엄청 잘하는 식당이거든요. 미슐랭 별 세 개를 달고 있을정도니 말 다했죠. 뭐."

"예약하는데 한달이나 걸리는 곳이구요?"

"네. 사실 이건 비밀인데."

그녀는 목소리를 한 껏 낮춰 속삭여 말했다.

"이곳 총괄셰프가 제 지인이거든요."

"…아!"

"아무리 지인이래도 예약 없이 불쑥 찾아오는 건 민폐이긴 해요. 하지만 오늘 오전에 특별히 부탁했어요. 대혁씨에게 맛있는 음식을 대접해드리고 싶어서요."

"고맙네요."

"…정말 고마운건 저죠."

레이첼의 표정이 살짝 어두워졌다. 얼마전에 있었던 레드스콜피온사건을 떠올린 모양이었다. 그녀는 그 날 죽을 위기를 넘겼다.

만약 옆 방에 묵는 게 능력자가 아니었다면.

아니 능력자였다고 해도 레드스콜피온을 모두 상대할

정도로 강하지 않았다면.

대혁처럼 레이첼을 도와주러 직접 오지 않았다면.

여러 가지 가능성으로 레이첼은 그날 목숨을 잃었을 수도 있다.

헌데 그 가능성들을 뚫고 대혁이 레이첼의 옆 방에 묵고 있었고, 마침 레드스콜피온 모두를 제압할정도로 강했고, 레이첼을 구할 의지가 있었다.

생명의 은인이라는 것은 각별하다. 영화가 아니라 현실에서, 극히 희박한 인연이다.

“사인 좀 해주실 수 있을까요?”

누군가 대혁과 레이첼이 있는 테이블로 와 물었다. 갓 소녀티를 벗은 어린 여자아이였다. 부모님과의 식사로 레스토랑을 찾을것으로 보였다.

“아, 물론이지.”

레이첼은 아이가 가지고 온 펜과 종이에 사인을 해주었다.

그러고보니 레스토랑에 있는 많은 사람들이 이 테이블을 주목하고 있었다.

사인을 받은 아이가 부모가 앉아 있는 테이블로 돌아갔다.

대혁이 물었다.

“인기가 상당하신가보네요?”

이 정도 고급 레스토랑을 찾는 손님들이라면 대부분 각자의 분야에서 성과를 보이고 있는 사람들일 것이다.

그런 사람들이 힐끔 힐끔도 아니고 거의 대놓고 레이첼을 뚫어져라 본다.

그리고 그 중 비교적 젊은 남자들은 마치 대혁이 적이라도 되는냥 흉흉하게 노려본다.

대혁의 질문에 레이첼은 물로 입술을 살짝 축이고 대답했다.

"흠. 상당히 직설적인 질문이시네요. 운이 좋게도 현재는 사랑을 많이 받고 있어요."

"어느정도길래…?"

"대혁씨는… 어느 나라에서 오셨죠?"

"한국이요."

"아. 한국. 한국이면 아시아에서 가장 발전한 도시 중 하나잖아요?"

"그렇죠? 아무래도."

"영화시장도 굉장히 큰 걸로 알고 있는데… 저도 몇 번 방문 한 적이 있고요."

"아… 그런가요?"

"네."

"……."

"영화를 즐겨보는 편은 아니신가봐요?"

"보긴… 보죠."

"제 입으로 이런 말 하기는 뭐하지만, 그런데 절 모르신다구요?"

"그 정도로 유명하신 건가요?"

"안 말해줄래요. 나중에 인터넷으로 검색해보세요."

레이첼이 토라진 표정으로 말했다 TV쇼에까지 출연한 배우라고 하길래 어느 정도 이름이 알려진 배우일 거라곤 생각했지만 생각보다 더 유명한 모양이었다.

그러고 보면 예쁘긴 엄청 예쁘다. 아마 노바틱행성까지 포함한다 해도 대혁이 본 미녀 중 열손가락 안에 들어갈만한 미모였다.

사실 대혁은 잘 몰랐지만 그녀는 외모이상의 연기력으로 평단과 관객의 사랑을 동시에 받고 있는 여배우였다.

심지어 최연소로 아카데미 여우주연상을 수상 했을 정도다.

현재도 탑이지만, 앞으로의 미래가 더 창창한 여배우.

대혁이 아닌 다른사람이라면.

하지만 레이첼은 그런 점이 더 마음에 들었다. 자신의 위치나, 인지도를 아는 사람들은 거리감을 두고 다가온다. 혹은 무언가 목적을 품고 접근해온다.

하지만 대혁은 다르다.

목적도, 거리감을 느끼지도 않는다.

오히려 레이첼이 먼저 그에게 접근한다.

그녀의 인생에 있어 이런 경험은 처음이라고 해도 될 정도였다.

"그럼 나중에 인터넷으로 검색해볼게요. 아시는지 모르

겠지만 한국 인터넷은 세계최고수준이에요. 레이첼씨 생각보다 더 많은 정보가 나올지도 몰라요."

대혁이 눈을 찡긋하며 말했다. 레이첼이 쿡쿡 웃음을 터뜨렸다.

"대혁씨는 뭐하시는 분인가요?"

레이첼은 자기가 물어보고도 '핫!' 하는 표정을 지었다. 아무래도 실례가 될지도 모른다는 생각이 든 모양이다.

하지만 대혁은 개의치 않았다.

"헌터…입니다. 지금은."

"역시 헌터셨군요."

당연한 얘기다. 그 레드스콜피온을 그렇게 쉽게 제압했다. 대혁이 헌터, 그 중에서도 꽤나 강한 헌터란 것은 쉽게 짐작할 수 있었다.

사실 인천, 태국 그리고 홍콩 레버넌트 궤멸사건으로 인해 대혁의 인지도는 큰 폭으로 상승했다. 아시아에선 일반인도 간혹 대혁을 알아볼 정도다. 하지만 미국이나 서양국가에선 아직 인지도가 그렇게 높지 않았다.

당연한 얘기였다.

타국의 대통령이라고 해도 모르는 경우가 많다. 하물며 대혁은 일개헌터다. 아무리 거대 조직을 박살낸 대혁이라고 해도 한순간에 전세계 모두가 얼굴을 알 정도로 유명해질순 없다.

더군다나 이곳 뉴욕엔 대혁만큼이나 혁혁한 전과를 올린 헌터가 꽤 있다.

세계 최고의 헌터들만 모인 도시니까.

"음식 설명해드리겠습니다."

타이밍 좋게 서버가 음식을 서빙하기 시작했다. 대혁과 레이첼은 기분좋게 코스요리를 즐기며 잡담을 나눴다.

요 며칠 쫓기듯 던전탐사를 했던 대혁도 오랜만에 제대로 된 휴식을 즐기는 느낌이었다.

식사는 거의 두 시간에 거쳐 이루어졌지만 체감시간은 그보다 훨씬 빠르게 흘렀다. 두 사람 모두가 공통적으로 느낀 감정이었다.

식사를 끝내고, 레이첼은 자신의 지인이라는 총괄셰프와 간단하게 인사를 나누었다.

대혁도 목례와 악수정도를 했다. 그 사이에 또 몇 명이 레이첼의 사인을 받아갔다. 레이첼은 흔쾌히 사인을 해주었다.

"오늘 정말 즐거웠어요."

자동차가 있는 주차장으로 걸어가면서 레이첼이 말했다. 대혁은 살며시 고개를 끄덕였다. 대혁 역시 마음의 여유한 점 없이 쫓기듯 던전탐사를 하다가 모처럼 느긋하게 식사를 한덕인지 마음이 한결가벼워져 있었다.

대혁은 싱긋웃으며 답했다.

"저도요."

와인을 몇 잔 마신 탓인지, 아니면 다른 이유가 있는지는 몰라도 레이첼의 얼굴은 살짝 붉어져 있었다.

그녀는 차로 걸어가는 동안 계속해서 입을 달싹거렸다.

뭔가 할 말이 남아있긴 한 모양인데 용기가 부족해서 하지 못하는 모양새였다.

어지간히 둔감한 남자라도 어떤 상황인지 대강 짐작이 가는 상황이련만, 대혁은 무뚝뚝했다.

아니, 무뚝뚝하다기 보단 다른데 신경을 쓰는 탓에 레이첼의 표정을 살피지 못한 것이다.

"혹시…."

대혁이 조심스럽게 운을 뗐다. 아까, 호텔을 나설 때부터 계속해서 신경 쓰였던 부분이다. 레스토랑에선 떨어져 나갔나 싶더니, 레스토랑을 나오자 다시 느껴지기 시작했다.

"아까부터 따라붙는 기운이 있는데 짚이는데 있어요?"

"아."

레이첼이 조그맣게 입을 벌렸다. 아마 짐작가는 부분이 있는 모양이었다. 대혁은 그녀가 입을 열기를 기다렸다.

"아마…."

"아마?"

"저한테 가드가 붙은 모양이에요."

"가드요?"

"사실 제 오빠가 헌터협회에서 요직에 앉아 있거든요.

제가 습격당했다는 사실을 알고는 오빠가 많이 걱정했어요. 아까 연락을 해보긴 했는데… 설마 가드까지 붙여놓았으리라곤 생각못했네요."

"흠."

"미안해요. 오빠는 제 신경을 써서 그랬겠지만, 제가 대혁씨를 배려하지 못한 것 같네요. 계속 그것 때문에 신경쓰이셨군요."

"아닙니다."

"……?"

"지금 따라붙는 인간들은 그런 게 아니에요."

"그게… 무슨 말씀이죠?"

"가드라면 당연히 호위에 신경을 쓰겠죠. 지금 이 녀석들은 명백한 적의를 내보이고 있어요. 가드가 아니라 오히려 우리 둘을 해치고 싶어 하는 것 같군요."

대혁은 손가락을 뿌득 뿌득 꺾었다. 레이첼의 손님은 아니다. 그렇다고 자신의 손님인 것도 아니다.

그런데 두 사람 모두에게 적의를 나타내고 있다?

짐작가는 바가 없는 건 아니다.

오히려 상대가 누구일지 명징하게 떠오른다.

"그만 나오지?"

대혁이 뒤돌아서서 아무도 없는 주차장 한 쪽을 향해 말했다.

◆

대혁의 목소리가 나지막하지만 힘 있게 지하주차장을 가로질렀다.

"……."

하지만 대답은 돌아오지 않는다.

지하주차장은 대답도, 인기척도 느껴볼 수 없을 만큼 고요했다.

조용하다고 해서, 넘길수 있는 문제가 아니다.

대혁은 시선을 옮겼다.

커다란 검은색 서버밴, 그리고 픽업트럭 뒤쪽에서 적의가 스물 스물 올라온다.

시야에는 잡히지 않지만 대혁은 분명하게 적을 느낄 수 있었다.

자연스럽게 미간이 좁혀졌다. 이미 상대의 위치를 적발했고, 나오라고 포고까지 했는데 들은척도 하지 않는다.

'흠… 어떻게 할까?'

대혁은 레이첼을 돌아보았다. 그녀는 놀란 토끼눈을 하고 대혁을 올려다보았다.

레이첼이 느끼기엔 방금 전까지만 해도 핑크빛 무드였다.

멋진 이브닝 드레스를 차려입고 근사한 디너를 즐겼다.

차를 가지고 나온탓에 와인은 마시지 못했지만, 그것만으로도 레이첼은 한껏 기분이 업된 상태였다. 알콜이 흐르지 않아도 그 이상으로 기분이 도취된다.

대혁때문이었다. 대혁이라는 이 남자는 알아갈수록 호기심을 보채는 남자다.

동양의 한국이라는, 레이첼로는 조금은 생소한 문화권에서 온 것 때문만이라곤 설명할 수 없다.

요 며칠은 자꾸만 그에 관한 생각에 머릿속에 맴돌았다. 호텔에서 홀로 시간을 보낼때나, 카페테리아에서 아메리카노와 함께 브런치를 먹을때, 룸으로 돌아와서 홀로 영화를 볼때도 계속 머리 한 켠에 대혁이 자리해 있었다.

헐리우드에서 정상급 탑배우에 오른 이후, 레이첼은 수년동안은 이런 감정을 느껴보지 못했다.

헐리우드 탑 배우라는 지위는 천문학적인 수익이 보장되어 있는 자리였다.

맛있는 음식을 먹는 일. 손에 꼽히는 좋은 차를 타거나 명품을 입는 일.

수시로 해외여행을 다니는 일.

무엇 하나 금전이 부족해서 즐기지 못할 일은 없었다. 처음에는 그런 일들이 즐거웠지만, 반복될수록 무감각해졌다. 좋은 것들이란 좋은것들을 모두 누리자 만족의 역치가 점점 올라갔다.

배우가 되면서 얻게 된 풍족이 그녀를 권태에 빠지게 만든 것이다.

대혁은 그런 권태에서 그녀를 잡아끌었다.

가장 큰 이유는 며칠 전 사건때문일 것이다. 극한의 위기 속에서, 마치 백마탄 영웅처럼 등장해서 목숨을 구해줬다.

그러니 레이첼이 대혁을 바라보는 눈빛은 새삼스러울 수밖에 없었다.

그래서 그에게 자신도 알 수 없는 감정을 품어가는 레이첼이었다.

어쩌면 오늘 더 깊은 사정까지 알아볼 수 있을지 모른다고 생각했는데, 갑자기 대혁의 표정이 심상치 않게 변한 것이다.

그리고 아무도 없는 지하주차장에서 알 수 없는 상대에게 '나오라' 고 주문한다.

조금은 놀란, 그리고 경직된 표정으로 대혁을 올려다볼 수 밖에 없는 레이첼이었다.

며칠 전에 있던 일의 트라우마가 그녀의 머릿속을 조금씩 차지하기 시작했다.

'저번과는 수준이 좀 다른데… 인원수도 많고. 도발에도 쉽게 모습을 드러내지 않는 걸 보면 준비도 단단히 한 모양인 것 같고.'

물론 혼자서는 자신 있다. 이 지하주차장이 초전박살이 나고, 지하주차장의 위로 솟아있는 건물이 무너져 내린다고 해도 대혁은 살 자신이 있다.

살다 뿐인가? 지금 적의를 뿜어내는 놈들의 머리통을 차례대로 뽀개버리고 유유히 호텔로 돌아가 아무일도 없던 것처럼 다 잊어버리고 숙면을 취할수 있다.

그런데 지금은 레이첼이 있지 않은가?

그녀는 자신의 한 몸을 지킬 수 없는 일반인이다.

싸움에 휩쓸리면 지켜줄 틈도 없이 목숨을 잃을지도 몰랐다.

“제 곁에서 떨어지지 마세요.”

대혁이 레이첼의 손을 잡고 와락 끌어당겼다.

“아….”

레이첼은 한껏 가까이 느껴지는 대혁의 숨결에 작게 탄성을 토했다. 대혁은 그녀를 신경도 쓰지 않고 여전히 저 멀리만 주시했다.

“껄껄껄.”

뚫어져라 대형서버밴과 픽업트럭의 뒤쪽을 번갈아가면서 쳐다보고 있자, 그 뒤에서 쾌소가 흘러나왔다.

“이거 이거 못 당하겠구만?”

낮고 굵직은 목소리가 들렸다. 영어 발음이 약간은 서투른 주인공은 곧 모습을 드러냈다.

더 시간을 끌어봤자 소용없을거라고 판단한 모양이었다.

성인이라고 하기엔 지나치게 작은 키.

하지만 아이라고 하기엔 얼굴에 세월이 묻어있다.

전체적으로 선이 굵은 얼굴이다. 코도 큼직하고 눈썹뼈는 불룩 튀어나와있고 눈이 움푹패여 자리했다. 각진 턱엔 덥수룩한 수염이 한가득 자라 있었다.

인간이기엔, 조금 이질적인 생김새.

무엇보다도 그 작은 키.

그 키는 정상이 아니다. 작달만한 키지만 몸집은 통나무처럼 굵고 단단해보인다.

보통 성인남성을 짧고, 굵게 압축해놓은듯한 생김새였다.

그 생김을 눈에 담은 대혁의 눈빛이 이채를 띠었다. 인간이 아니다.

인간을 닮은 아인(亞人).

"…드워프."

"오호."

대혁이 남자의 종족을 입에올리자 드워프는 감탄사를 토했다.

"내 이름은 드베르그다."

"……."

대혁은 어깨를 으쓱했다. 드워프 남성의 이름따위야 어찌됐든 궁금하지 않았다.

"내 종족의 이름은 어찌 알고 있지?"

"그냥."

대혁은 짧게 대답했다. 아직 숨어 나오지 않는 인간들이 있다. 그들을 살피는 일에도 소홀하지 않았다.

"흠, 흠, 흠. 아냐. 그런 대답을 기대한 게 아니야. 너도 혹시 '건너' 온 건가?"

대혁이 드워프에 대해 알고 있는 것은 노바틱 행성에 드워프란 종족이 있기 때문이다.

노바틱 행성엔 드워프 뿐만이 아니라 인간을 닮은 아인이 꽤 존재한다. 오크, 엘프부터 시작해서 드워프나 수인 등.

"글쎄. 편할대로 생각 해."

"의미심장한 대답이야. 너는 내가 궁금하지도 않은가?"

"워낙에 많이 봐서 말야."

"그렇군. 나는 나를 설명하지 않아도 알아보는 사람은 처음이라 호기심이 막 생긴참인데."

드워프는 텁수룩한 수염을 만지작 거렸다.

여유로운 자세로 서있었지만 꽤 강해보였다.

무기로 들고있는 배틀해머는 일반인이라면 들기도 버거워 보이는 무기였다. 기다란 손잡이 위에 커다란 망치가 달려있고, 망치의 끝부분엔 돌출된 원뿔이 자리한 물건이었다.

"용건이 있으면 빨리 처리하고, 아니면 그만 갈 길을 가려고 하는데."

"가도 돼."

"안막아설 건가?"

"미안하지만 그건 내 재량이 아니라서 말야. 말했다시피 나는 고용된 입장이야."

"누가 널 고용했지?"

"이번엔 레드… 레드 스네이크랬나? 레드스콜피온이랬나? 하여간 촌스러운 이름을 가진 분들이지."

대혁은 고개를 끄덕였다. 예상대로다. 자신과 레이첼에게 동시에 적의를 품고 공격할 인간들은 레드스콜피온밖에 없다. 호텔에서의 일을 앙갚음하기 위해 찾아온 것이리라.

"어떤 일을 의뢰했지? 역시 노리는 것은 우리의 목숨인가?"

"되도록이면 생포인데… 버거우면 죽여도 된다더군."

"그런 일을 하기 위해 지구로 온 건가?"

"나도 먹고살자면 어쩔 수 없어."

대혁은 조소했다.

"분수를 모르는 것은 안 좋아."

"어찌됐든 일을 하는 입장이라. 고용주의 말에 따를 수밖에."

드워프의 말을 끝으로 뒤 쪽에서 새로운 남자들이 천천히 모습을 드러냈다.

덩치가 큰 거한 다섯 명.

남자들은 하나하나가 저번에 호텔방에서 상대했던 녀석들보다 월등히 강해보였다.

그렇다고 해도 별거 아니다.

저 정도는 견제할 필요도 없다. 물론 한꺼번에 덤벼들면 다소 귀찮아지겠지만.

슈우우욱.

공간이 일렁였다.

그리고 남자 한 명이 아무것도 없던 허공에서 유령처럼 나타났다.

투명화마법이라도 사용하는 마법사인듯했다.

새로 나타난 비교적 왜소하지만 거한들보다 훨씬 더 위험한 기운을 풍겼다.

"많이도 데려왔군. 덩치 다섯에 마법사 하나. 그리고 드워프 용병 하나인가?"

"만족하나?"

"전혀."

"크크크. 역시 간덩어리가 큰 놈이야."

훙-훙!

드워프는 전체가 금속으로 이루어진 배틀해머를 가볍게 흔들었다.

"아이템 슬롯."

대혁은 작게 아이템 슬롯을 호출했다.

평소엔 슬롯에 담아두고 있던 귀흑권갑을 꺼냈다. 얼마 전, 무토 요시노리와의 수련을 하던중 위업상점에서 구매한 무기였다.

권갑은 은은한 묵광을 뿜었다.

마치 손에 맞춘듯한 권갑을 착용하자 순간 권갑의 공능으로 근력을 비롯한 능력치 일정부분이 올라가는 것이 느껴졌다.

"저건 뭐지?"

드워프 드베르그는 그 모습이 신기한지 뒤 쪽에 있는 마법사에게 물었다.

마법사는 고개를 저었다.

"글쎄요. 아무 것도 없는 허공에서 무기를 불러들인 것을 보면 공간계열 마법인 것같은데요."

"마법사였나?"

"저희도 자세한 정보는 없습니다. 다만 무투가 타입이었던 걸로 알고있는데…."

"그러게 말야. 그렇게 알았으니 나를 고용한 거였잖아."

드베르그는 근접해서 벌어지는 난전에 자신 있었다. 그가 휘두르는 패도적인 배틀해머를 한 번 이상 막아낸 상대가 드물정도였다.

"뭐, 니가 잘 서포트하면 어떻게든 되겠지."

드베르그는 양손으로 배틀해머를 붙잡았다.

"슬슬 해보자고. 집에 들어가서 시원한 흑맥주와 함께 놓친 야구를 좀 봐야해서."

대혁은 대답하지 않고 레이첼을 내려봤다.

"제 뒤편에 서 계세요."

"네."

레이첼도 둘이 하는 대화를 모두 듣고 있었다. 그녀의

표정이 경직되어있음은 두말할 것도 없다.

자신 때문에 대혁이 계속 피해를 입는 것 같아 신경쓰였다.

"미안해요."

"뭐가요?"

"저 때문에 계속… 이런 사건에 휘말리잖아요."

"사실… 귀찮은건 맞아요."

"…네?"

"귀찮다구요. 저렇게 얽혀드는 날파리들 처리하는 거. 한국에 막 돌아왔을 때도 저런놈들이 꼬였었죠. 그런데 사건 몇 개 해결하니 잠잠하더니… 미국에 오니 다시 저런것들이 꼬이네요."

"그게 무슨 얘기에요…?"

레이첼은 알리 없었다. 대혁이 레버넌트라는, 레드스콜피온은 비교도 안되는 거대 블랙헌터 집단을 단신으로 처리했다는 것을.

"저런 놈들은 운동거리정도 밖에 안되니 그냥, 기다리라는 거예요. 걱정할 필요없이요. 아, 혹시 그냥 있기 귀찮으면 어디 신고라도 하세요. 저번에 보니까 잘 아는 헌터들이 있는 것 같던데."

"아! 알겠어요."

레이첼은 뭔가 깨달은 표정으로 스마트폰을 꺼내들었다.

대혁이 앞으로 나서자, 드베르그도 무서운 기세로 앞서

나왔다. 그 뒤를 거한 다섯이 따라붙었다.

"네 놈한테는 궁금한 게 있으니까 너무 거칠게는 다루지 않을게!"

드베르그의 몸은 용수철처럼 튀어 올랐다.

드워프가 가진 근육의 탄성이 보통인간과는 궤를 달리했다.

파앙!

순식간에 수m의 거리를 좁힌 드베르그가 배틀해머를 거칠게 휘둘렀다.

그 끝에 맞으면 거대한 바위라도 그대로 산산조각 내버릴 것같은 기세였다.

드베르그는 이 스윙을 피하라고 휘두른 것이다.

단지 자신의 힘을 과시하기 위해, 그리고 대혁이 지레 겁먹어 포기하게 만들기 위해 휘둘렀다.

그리고 나서, 드워프를 어떻게 알고 있는지만 묻고 난 후에 레드스콜피온에게 넘길생각이었다.

터억!

그런데 그 스윙이 가볍게 막혀버렸다.

드베르그의 얼굴이 경악으로 물들었다.

우대혁이 건조한 목소리로 말했다.

"별 거 없군."

◆

압사해 죽어도 이상할 것 없을 만큼 과중한 헙터협회 부회장의 책무.

그 고단한 일과를 마친 페르낭 그라비의 표정은 평소와 새삼 달랐다.

평소에는 워커홀릭이라고 해도 좋을 만큼 일에 미쳐 사는 페르낭 그라비다.

페르낭 그라비는 딱히 하루업무가 끝났다고 해서 퇴근을 하지 않는다.

누구보다 늦게까지 남아서 잔업을 한다.

혹은 퇴근한다고해도 집으로 돌아가서 근무의 연장선상을 보내는 게 보통이었다.

하지만 오늘은 달랐다.

모처럼만에 정시에 모든 업무를 끝내고 그의 하나뿐인 여동생을 만나러 가는 길이다. 그의 표정도 평소의 무거운 짐에서 벗어나 한결 가벼워보였다.

페르낭 그라비는 조수석을 힐끗 쳐다보았다.

여동생이 좋아하는 생초콜릿을 가득 담은 상자가 놓여있었다.

불과 며칠 전에 그의 여동생에게 커다란 사건이 벌어졌었다.

당시 페르낭 그라비는 이를 부득 갈았다.

당장이라도 본인이 직접 나서서 그 빌어먹을 놈들을 도륙해버리고 싶었지만 그러지 못했다.

안그래도 치어죽을 것처럼 바쁜 업무에, 자신과 비슷한 능력을 가진 놈이 나타나 처리해야 할 일이 더 많이 생겼다.

하지만 오늘만큼은 동생의 호텔에 깜짝 방문해서 함께 시간을 보낼 예정이었다.

띠링!

그때였다. 스마트폰의 스피커로 문자알림음이 들렸다. 페르낭은 왼손을 스티어링휠에 얹어놓고 운전을 하면서 자연스럽게 스마트폰을 주워들었다.

–도와줘!

라고 시작되는 문자였다.

발신자는 바로 자신의 여동생. 페르낭의 얼굴이 경직되어갔다.

페르낭 그라비는 얼굴 표정을 딱딱하게 굳힌 채로 문자 내용을 빠르게 훑었다.

문자의 끝 부분에 장소가 적혀있다.

지금 목적지로 향하는 호텔에서 머지 않은 곳.

약 5분이면 도착할 수 있는 거리다.

끼이이익!

페르낭 그라비는 즉시 핸들을 잡아 꺾었다.

◆

"fuck!"

드베르그는 옆구리를 움켜쥐고 뒤로 비칠 비칠 물러났다. 배틀해머를 이용해서 공격을 막았음에도 둔중한 데미지가 느껴졌다.

"제기랄. 생각보다… 말도 안되는 놈이야. 이런 놈이라는 말은 없었잖아?"

드베르그가 고개는 돌리지 않고 마법사를 향해 말했다.

마법사의 안색 또한 파리했다. 그 역시 이렇게 돌아갈거라곤 생각하지 못했다.

"…드릴 말이 없군요."

"이런 제길!"

"……."

"이제 어떡 할거야? 현명한 결단을 내려야 해. 레인."

레인이라 불린 마법사는 인상을 쓰고 전면을 주시했다. 거한 다섯 중 셋이 차디찬 바닥에 몸을 눕히고 있다.

누워 있는 셋은 각기 팔다리 관절이 역방향으로 꺾여 있거나 안면이 '함몰' 이라는 표현이 어울릴 정도로 엉망이 되어 있었다.

"퉤! 인정사정 없는 새끼."

드베르그는 바닥에 가래침을 뱉어내며 말했다. 눈 앞의 우대혁이라는 놈에게 거한 셋이 순식간에 당했다.

그의 손속에 자비라곤 없었다.

한번 걸려들면 관절을 뽑거나 꺽어버렸다. 아니면 주먹으로 뼈를 분지르거나 안면을 함몰시켰다.

"먼저 목숨을 노린 주제에 그게 할 말인가?"

대혁이 입꼬리를 말아올리고 말했다. 대혁의 태도는 한껏 여유로웠다.

도저히 습격을 당한 사람의 태도로는 보이지 않는다.

오히려 습격을 한 드베르그 일당의 면면이 하나같이 난처해보였다.

누가 악역인지 모를정도의 상황이다.

"흐, 흐… 그건 그렇지."

드베르그는 걸걸한 웃음을 흘리며 수긍했다. 궁지에 몰린 난처한 상황이긴 했지만 전사로서의 호방한 기질은 거짓을 못한다.

"어떡할 거냐고? 아직도 생각중이야?"

드베르그가 다시 레인에게 소리쳤다. 복잡한 생각에 잠겨있던 레인이 정신을 차렸다.

"아!"

"생각 끝났어?"

"해… 해야겠죠?"

레인의 낯빛은 어두웠다. 마지못해 해야한다는 표정이다.

마법에 어느 정도 재능이 있지만, 그 성정은 재능에 한창 못미치는 게 레인이었다.

드베르그가 확 인상을 구겨뜨리며 되물었다.

"계속하자고?"

"위험수당까지 넉넉히 계산해 드린 걸로 알고있는데요."

"하아… 뿅을 다 뽑겠다 이거군."

드베르그는 체념했다는 듯이 한숨을 길게 내쉬었다.

그의 통나무같은 몸통의 근육들이 꿈틀꿈틀 움직인다.

"후. 그래."

배틀해머를 양손으로 움켜쥐고 다시 전투 자세를 취한다.

"주문."

"네?"

"강화주문 좀 걸어달라고."

"아…."

레인이 고개를 작게 끄덕였다. 그가 품에서 뭔가를 꺼냈다.

손바닥 위에 올려진 것은 야구공보다 조금 더 큰, 둥그런 광석이었다.

대혁은 그것이 뭔지 한 눈에 알아보았다.

오브.

검사가 검을 쓰고, 창병은 창을 쓰는 것처럼 마법사에게도 어울리는 무기가 있다.

바로 스태프와 오브다.

두 무기의 역할은 비슷하다. 마나를 사용하는 마법에,

적극적으로 관여하는 매개로 작용하는 것이다.

우우우웅.

레인의 마나를 받아들인 오브가 잔 진동을 내며 떨렸다. 레인은 즉시 입을 달싹여 마법을 시전했다.

"헤이스트!"

슈아아악.

오브에서 일어난 마나의 기운이 일순 파도처럼 흘러 드베르그의 몸으로 흡수되었다.

"흡!"

드베르그가 탄성을 흘렸다. 마나가 흡수되자 온 몸에서 치솟아 오르는 충만감이 느껴졌다. 헤이스트는 피시전자의 움직임을 극한으로 끌어올려주는 마법.

드베르그같이 고도로 훈련된 전사들에겐 그 효과도 몇배나 뛰어나다.

레인은 남은 두 명의 거한에게도 헤이스트를 걸어주었다. 거한들 역시 끓어오르는 힘을 느끼며 자세를 잡았다.

"그리고 말야."

"네."

"내가 살던 세계에선 기사를 잡으려면 말의 다리부터 쳤어."

"......?"

레인의 표정에 의문부호가 떠오르자 드베르그는 답답하다는듯 한숨을 쉬었다.

"하나 하나 다 풀어서 설명해줘야 하는구나. 잘들어. 우리가 저 놈을 상대하는 동안 너는 우리를 서포트하면서…."

"네."

"저, 여자."

드베르그가 턱 끝으로 레이첼을 가르켰다.

그녀는 기둥의 옆에 서서 손을 모으고 간절한 표정으로 전투의 현장을 지켜보고 있었다.

"저 여자라도 공략해보란 말이야."

"그, 그렇군요. 맞아요. 그러고 보니까…."

레인은 연신 고개를 끄덕이며 대혁을 보았다.

대혁은 레이첼로부터 일정거리 이상 벗어나지 않고 있었다

지금도 그렇다.

승기를 잡았을 때, 가까이 다가와서 끝내버리면 되는데 그러지 않았다.

처음엔 왜 그러는지 몰랐는데 드베르그의 말을 듣고 보니 그 이유를 확연히 알 수 있었다.

레이첼로부터 일정 거리 이상 떨어지지 않는다는것은 레이첼을 지키겠다는 확고한 일념이 엿보이는 행동인 것이다.

레인은 자신의 머리를 쥐어박았다.

진작에 눈치챘어야 하는데 드베르그가 언급하기 전까지 눈치조차 채지 못한 자신의 우둔함이 바보같이 느껴졌다.

"무슨 얘기인지 알겠습니다."

"좋아, 그럼."

드베르그는 지금 파트너로 함께 하고 있는 레인의 마법 실력 자체에 대해선 불만이 없었다.

다만 좀처럼 갈피를 잡지 못하는 그의 결정력이 불만일 뿐.

그래도 드베르그가 방향만 정해주면 자신이 할 일은 잘 할것이다.

"믿고 간다."

뚝. 뚝.

드베르그는 목을 양 옆으로 꺾었다. 배틀해머를 움켜쥔 손에 거력이 들어간다.

드베르그는 대혁의 눈을 똑바로 마주보며 말했다.

"다시 해볼까?"

퉁!

드베르그의 몸이 다시 바닥을 박차고 용마처럼 뛰어나갔다. 그 양 뒤로 거한 둘이 따라 붙었다.

대혁 역시 자세를 갖추고 두 사람을 마력전환으로 기공력을 끌어올렸다. 기공으로 변한 힘이 근력세포 곳곳에 깃들어든다.

대혁이 봤을때 드베르그는 S급 헌터와 비견해도 크게 뒤떨어지지 않는다. 물론 대혁은 이미 육체적인 랭크도 S급 헌터를 월등히 뛰어넘었다.

제대로 실력 발휘를 한다면 진즉에 정리됐을 상황이다.

하지만 지금 상황에선 대혁의 발목을 잡는 것이 있다.

바로 레이첼.

레이첼을 지키면서 싸워야하기 때문에 대혁은 온전히 실력 발휘를 하지 못하고 있었다.

신경쓸 것이 많다.

원거리에서 마법공격을 쏟아낼 레인.

그리고 헤이스트로 한층 빠르고 강해진 드베르그와 거한 둘.

파앙-!

배틀해머가 공기를 찢고 쇄도해왔다. 대혁은 숨을 들이키며 주먹을 정면으로 주먹을 뻗었다.

쩡!

공간에 충격파가 터져나간다.

팡! 팡! 팡!

충격파는 기층을 꿰뚫며 가까이에 있는 자동차의 창문들에 쩌적 금을냈다.

대혁은 손을 털었다. 귀혹권갑에 기공까지 불어넣자 배틀해머같은 무지막지한 무기를 정면으로 맞상대하고도 손이 약간 저릴뿐이었다.

공방은 계속해서 이어졌다.

거한 둘이 거대한 쌍검을 휘둘면서 달려들었다. 대혁은 거리를 두지 않고 파고들었다.

파고들기 전에 한 번.

멀찍이 시선을 둔다. 레인이라는 이름의 마법사.

마법사는 위험한 존재다. 거리가 얼마나 벌어져있든, 그 거리를 좁힐 수 있는 공격을 몇 가지나 갖추고 있을것이다.

레이첼로부터 지나치게 떨어져 있으면, 그의 공격이 언제고 레이첼을 노리고 날아들것이다.

"흠!"

대혁은 시선을 거두고 짧게 기합을 터뜨렸다. 어느새 거한 둘의 쌍검이 눈 앞까지 날아들었다.

슈아아악!

아래에서 위로, 세로로 쪼개 올리는 검은 어깨만 살짝 비틀어내는걸로 피한다. 동시에 왼손으로 검의 옆면을 쳐낸다.

쩡!

"윽!"

경기가 실린 손바닥으로 검을 치자 거한 하나가 신음을 터뜨리며 두 어걸음 밀려났다. 강하게 검을 쥐고 있던 만큼 팔뚝에 불끈거리며 파열된 힘줄이 솟아올랐다.

남자는 뒤틀린 팔을 부여잡고 비명을 질렀다.

슈아아악!

남은 거한 하나가 횡으로 검을 휘둘러왔다. 대혁은 아슬아슬하게 고개를 숙여 검을 피했다. 머리카락 몇 올이 잘려 날아오른다. 대혁은 한걸음 더 안으로 파고 들었다. 검은 계속해서 휘둘러지고있다. 대혁의 뒤 쪽으로.

거한의 가슴팍이 텅 비어있다.

"하나."

쩍!

대혁이 주먹이 거한의 빈가슴으로 빨려들듯이 들어갔다.

"커억!"

대혁은 주먹을 내질렀던 속도보다 빨리 회수했다. 거한의 가슴팍에 선명한 주먹자국이 남았다.

"끄으윽…."

대혁은 주먹을 회수함과 동시에 오른발을 축으로 돌았다.

팔을 부여잡고 비명을 질러내던 남자의 관자놀이로 왼쪽 뒷꿈치가 가서 박힌다.

빠악!

남자는 비명을 지를새도 없이 바닥에 머리를 처박는다. 동시에 가슴팍을 가격당했던 남자도 다리에 힘이풀려 고꾸라져버렸다.

"……."

드베르그는 할 말을 잃었다. 그 짧은 순간 드베르그의 배틀해머를 쳐, 밀어내고 거한 둘을 눕혀버렸다.

"흐아압!"

하지만 이대로 물러설 수는 없는 노릇이다. 드베르그는 배틀해머를 좌우로 종횡무진 흔들어가며 달려들었다.

꽝! 꽝!

대혁이 아슬아슬하게 몸을 움직여 피해내자 배틀해머는 애먼 자동차와 지하주차장 바닥만을 박살냈다.

"레인-!"

드베르가 배틀해머를 휘두르며 소리질렀다.

그것은 일종의 신호였다.

레인은 대답하지 않았다. 대신 지금까지 준비해뒀던 마법을 곧바로 발동했다.

플레임 스피어(flame spear).

오브의 전면으로 전장 3m에 달하는 거대한 불의 창이 생성되었다. 불의 장은 만들어짐과 동시에 레이첼을 노려 쏘아졌다.

'저건.'

대혁의 눈이 반개했다. 불의 창을 보고 그런 것이 아니다. 대혁의 눈이 주시하고 있는 것은 레인이 차고 있는 장신구. 양팔에 차고 있는 브로슬렛과 허리춤에 차고 있는 벨트.

브로슬렛과 벨트에 박혀있는 광석에서 나는 빛이다.

플레임 스피어에 대한 방책은 이미 있었다. 공간을 가로지르는 플레임 스피어를 향해 대혁이 손을 뻗었다.

쒸이이이익-!

대기가 심상치않게 몰아치더니 돌풍이 생겨났다. 돌풍은 플레임 스피어의 경로앞에 나타나더니 플레임 스피어를 상쇄

시켜버렸다. 불길은 바람을 타고 솟아올라 소멸했다.

귀흑권갑의 안쪽에 착용하고 있는 스톰 글러브로 만들어 낸 돌풍이었다.

“빌어먹을!”

드베르그는 전황이 완전하게 대혁에게 넘어간 것을 절감했다. 그는 마지막 한수로 배틀해머를 높게 들어올렸다가 내리찍었다.

이 일격으로 대혁의 머리에 일격을 먹혔으면 했지만 순순히 통할리 없었다.

터억!

처음 일격이 간단히 막혔던 것처럼 이번에도 드베르그의 공격은 쉽게도 막혀버렸다.

“타지에서 고생했어.”

대혁의 팔이 뱀처럼 배틀해머를 타고 올라가 드베르그의 목줄기를 쳤다.

“컥… 커어억.”

드베르그는 자신의 목을 양손으로 부여잡고 혼절했다. 그의 입가로 거품이 질질 흘러나와 턱수염을 적셨다.

“자… 이제 종막인가.”

대혁은 손을 풀면서 레인을 향해 걸어갔다.

이제 레이첼에게서 일정거리 이상 떨어져도 상관없다.

결판은 났다.

“으… 으아….”

레인은 공포에 질린 얼굴로 머리를 부여잡았다.

비칠거리며 뒷걸음질 치던 그가 이내 아예 등을 보이고 달아나려고 했다

턱!

"윽!"

도망가려던 레인이 무언가에 부딪혀 넘어지며 엉덩방아를 찧었다.

그의 앞으로 벽 처럼 버티고 선 남자가 있었다.

레인은 천천히 고개를 올려 그의 얼굴을 확인했다.

미려한 미남자의 얼굴.

바로, 헌터협회 부회장 페르낭 그라비였다.

◆

클럽 안이었다. 쿵쾅 거리는 시끄러운 EDM 음악 소리와 음악에 몸을 맡기고, 정신없이 몸을 흔드는 남녀들로 내부가 북적였다.

젊은 남녀가 내뿜는 호흡과 뜨거운 열기가 클럽 안에 자욱했다.

그런 클럽의 VVIP 룸 안.

VVIP 룸이라고는 하지만 시끄러운 클럽뮤직을 전부 막아내진 못한다. 어느 정도 방음처리가 되어있다지만, 그것은 최소한의 대화를 하기 위한 것일뿐.

하는 수 없이 룸 안의 사람들은 약간 언성을 높여 대화한다.

"연락이 왔나? 슬슬 끝났을 것 같은데 말이지."

"아마…… 끝나지 않았겠습니까? 쓸만한 놈들 다섯에 레인. 그리고 그 용병 드베르그까지 보냈습니다."

"드베르그? 그도 보냈었나?"

클럽 안에 앉아 있는 인물은 세 명이었다. 한 명은 편안한 자세로 장쇼파에 몸을 파묻듯이 앉아 있었고, 나머지 둘은 비교적 굳은 자세로 앉아 있었다.

편안자세로 있는 사람이 가장 높은 위치에 있는 사람처럼 보였고, 나머지는 그의 수하로 보였다.

"네. 확실히 하기 위해서 말이죠."

"돈을 좀 썼겠군."

"예. 하지만 그는 돈값을 하는 남자기 때문에 아깝진 않을 겁니다."

"그래, 그라면 믿을만하니까."

작은 거병. 드베르그. 블랙헌터 사이에선 유명한 인물이다. 돈만 쥐어준다면 무슨 일이든 해준다. 던전에 뛰어들어 필요한 아이템을 구해다 주기도 하고, 사람의 목숨을 대신 앗아주는 청부살인도 한다.

공략해야 할 몬스터가 있으면 그 몬스터를 공략하는데 도움을 주기로 한다.

S급헌터에 필적하는 힘을 가지고 있으며, 돈만받으면

뭐든지 해주기 때문에 그를 찾는 블랙헌터는 생각보다 많았다.

물론 그가 '드워프' 라는 종족이며 사실은 다른 차원에서 건너왔다는 것은 대부분의 사람들이 모른다.

그저 기형적인 신체구조를 가지고도 막강한 괴력을 자랑하는 용병이라고 아는 사람들이 대부분이었다.

"그래서… 놈의 정체는 알아냈나?"

장쇼파에 몸을 파묻듯이 앉아 있는, 스트라이프가 들어간 검은 정장을 말끔히 빼어 입은 사내.

그가 고저없는 목소리로 말했다.

이제 막 엣티를 벗은 남자는 곱상한 외모의 미남자였다.

붉게 염색한 머리칼은 살짝 웨이브 져 있었고 큼직한 선글라스를 끼고 있었다.

그가 바로 레드스콜피온의 중추인 에이던 터너였다.

아일랜드 이주민 출신인 그는 아이리쉬답게 특유의 불같은 성정을 지녔다.

에이던은 다리를 꼬아 앉은 채 보고를 받듯 이야기를 들었다.

"아직… 헌터라는 정도밖에…."

"그 건방진 여배우를 죽이러 호텔을 찾아갔던 녀석들은 모두 능력자였어. 놈이 헌터라고? 당연히 헌터니까 우리 아이들이 당하지 않았겠나?"

"마, 맞습니다."

"결국 아는 게 아무것도 없다는 얘기군."

"죄송합니다."

"죄송한 건 아니 다행이군. 드베르그가 그 남자를 데려오면 내가 직접 추궁해서 알아내야겠어."

에이던은 선글라스를 벗어던지며 인상을 썼다. 그가 테이블 위에 있는 스카치가 담겨있는 잔을 들어 한 번에 넘겼다.

잔을 내려놓자, 병에 있는 스카치 위스키가 알아서 병밖으로 나오더니 잔에 따라졌다.

그것은 에이던의 묘기였다.

"그 후엔 내가 직접 죽여주지. 그 남자와, 건방진 여배우를 함께 말야."

에이던이 음침하게 말했다.

◆

"허… 헉…."

레인은 이미 제 정신이 아니었다. 그는 레드스콜피온에 소속된 네 명의 마법형 블랙헌터 중 하나였다.

그리고 그 중 두 번째로 강한 마력을 가지고 있었다.

때문에 레드스콜피온 내에서의 지위는 높은 편이었지만, 실전 경험이 형편없었다.

수세에 몰리자 바로 머릿속이 새하얗게 질려버린 레인은

맞서싸우는 것 대신 도망을 선택했다.

그 도망조차 여의치 않았다.

몇 걸음 떼지도 못해, 페르낭 그라비에 의해 제지 당했으니.

"이게… 무슨 상황이죠?"

평소와 크게 다르지 않은 차분한 어조. 하지만 그 짧은 한마디 안에 담겨있는 분노는 이곳에 있는 사람 모두가 절절히 느낄 수 있었다.

"어… 어…."

레인은 그저 어버버 거릴뿐이었다. 바닥에 주저앉은 상태로 허우적 거리면서, 제대로 도망갈 생각도 하지 못했다.

페르낭 그라비의 눈이 지하주차장 전체를 한번 훑는다.

격한 전투의 흔적으로 주차되어 있는 자동차 여러 대가 파손되어 있었고, 주차장 내부도 크게 손상이 가 있었다.

바닥에 누워있는, 이미 제압당해 활동불가로 보이는 인물들과, 의외의 인물인 대혁, 그리고 무엇보다도 그의 하나뿐인 혈육인 레이첼이 눈에 들어온다.

페르낭의 눈은 다시 천천히 레인에게로 돌아와 무섭게 내리꽂힌다.

레인의 목덜미에 자리한 붉은 전갈 문신이 그의 눈에 잡혔다.

"감히."

레드스콜피온.

일전에도 호텔에서 레이첼의 목숨을 위협했던 놈들의 집단 아닌가.

순간, 페르낭만의 특별한 능력이 발동됐다. 바로 대상의 에너지를 빨아들이는 에너지 드레인(energy drain).

후우우우우욱!

"허어억."

생체에너지, 체내에 잔존해 있는 마나 할 것 없이 페르낭의 능력은 모든 걸 흡수한다.

레인은 순간 시야가 검게 변하면서 숨이 턱 막혀왔다.

그가 양 손으로 자신의 몸을 긁어대며 소리쳤다.

"사… 사… 살려줘. 제발 사…."

그러나 페르낭의 표정은 엄혹했다. 레인이 참혹하게 울부짖으며 발악을 해도 흔들림 한 점 없었다. 이대로 레인의 에너지를 모두 빨아들여 그를 죽이기라도 할 생각으로 보였다.

"허억… 제… 발…."

레인은 손으로 바닥을 벅벅 긁었다. 그의 손톱이 부러지고, 손가락 끝에서 핏물이 흘러나왔다.

레인의 안색은 급속도로 창백하게 변해갔다. 에너지를 빨아들이면, 혈색이 변하고, 피부가 점차 노화한다.

종국에는 미라처럼 변해버린다.

페르낭의 압도적인 능력 앞에 레인은 이대로 죽음을 맞이할 것처럼 보였다.

"거기까지 하지."

끼어든 것은 의외의 인물이었다. 바로 대혁.

그가 페르낭의 한 발앞으로 다가서며 말했다.

슈아악!

순간 레인을 쥐어짜내던 기운들이 일거에 사라졌다.

"푸합!"

레인은 참았던 숨을 한꺼번에 터뜨렸다. 그리고 씩씩대며 산소를 흡입했다.

"커억… 컥… 허억… 헉…."

고통에 겨워 숨을 연신 들이쉬었다 내뱉는 레인을 뒤로하고 페르낭이 대혁을 보았다.

"우대혁씨."

"……."

페르낭은 대혁을 알고 있지만, 대혁은 그가 누구인지 몰랐다.

다만 갑자기 나타난 능력자가, 그것도 대혁이 지구로 돌아온 이후로 본 가장 희유한 능력의 능력자가 레인의 목숨을 거둬간다고 생각했을 뿐이다.

레인의 목숨이 어떻게 되건 상관없다.

하지만 아직 레인에게 용건이 남은 대혁이었고, 그래서 말렸다.

다만, 그 상대가 자신의 이름을 알고 있을 줄은 몰랐다.

"나를 어떻게 알지?"

"모를 리가 없죠. 아마. 헌터라면, 그러니까 급변하며 갱신되는 헌터에 대한 뉴스를 접하는 사람이라면… 당신의 이름을 놓칠리 없지 않겠습니까?"

"그런 에둘러 하는 말을 듣고자 하는게 아닌데."

"흠. 그럼 이렇게 말해드릴까요? 사실 얼마 전 한국에서 당신을 만날 기회가 있었는데요. 애석하게도 대혁씨가 거절했었죠."

"……여전히 돌려말하는군."

"전 헌터협회 부회장직을 맡고 있는 페르낭 그라비라고 합니다."

"……"

좀처럼 포커페이스를 유지하는 대혁도 그 말엔 조금 놀랄 수 밖에 없었다. 대혁이 다시 한 번 그의 면면을 살폈다.

과연, 헌터협회의 부회장이라는 요직을 맡고있는 인물답게 풍겨내는 기운이 남다르다.

안쪽으로 깊숙이 눌러두고 있지만, 평범한 여타의 헌터와는 그 수준이 다르다.

S급헌터와 비교한다고 해도 몇단계는 위다.

아마 레버넌트의 간부들과 싸운다고 해도

그리고 아까의 그 능력.

그 능력을 이용한다면, 어쩌면 1:1 로는 레버넌트의 누구보다도 강할지 모른다.

'지구에도… 이런 녀석이 있긴 있군.'

대혁이 고개를 슬며시 끄덕였다. 지구에도 이 정도의 인물이 있다는 것은 의외였다.

"당신은 반가운 존재입니다. 헌터에게 있어서나, 인류에게 있어서나요. 레버넌트를 궤멸시킨 당신의 활약은 모두에게 큰 이바지가 됐어요."

"그런가."

"네. 하지만…."

우호적인 페르낭의 표정이 살짝 굳어졌다.

"저를 말리는 이유에 대해서 설명이 필요합니다."

페르낭이 아직도 숨을 거칠게 몰아쉬고 있는 레인을 곁눈질 하곤, 다시 대혁을 또렷이 노려보았다.

둘 사이에 스파크가 파직 튀었다. 기 싸움이라도 하는것처럼 둘의 시선이 허공에서 팽팽히 얽혀들었다.

먼저 한 발 물러선 건 대혁이었다. 대혁이 어깨를 으쓱했다.

"흠. 확인할 게 좀 있어서 말야."

"어떤 걸 말이죠?"

페르낭 그라비의 질문에 대혁이 입을 열어 대답하려고 할 때였다.

"오빠."

"레이첼."

레이첼이 페르낭 그라비에게 달려들었다. 둘은 가볍게 포옹을 하고 떨어졌다.

"괜찮니?"

"응."

레이첼이 슬며시 대혁을 바라본 후, 페르낭에게 말했다.

"이 분 덕에…."

"아."

페르낭이 슬며시 입을 벌렸다. 그러고 보니, 레드스콜피온의 일원들이 괜히 바닥을 구르고 있을리 없었다.

"당신이… 제 동생을 구했군요."

"동생…이라고?"

대혁이 레이첼과 페르낭을 번갈아 보았다. 그러고 보니 둘이 닮은것같기도 했다. 하지만.

"둘이 성이 다르지 않아? 레이첼씨의 풀네임이 분명…."

"레이첼 애니스톤."

"맞아."

"레이첼이란 이름은 성부터 이름까지 모두 가명이예요."

"아."

"흔하잖아요. 연예인의 이름이 가명인 건."

"그렇지."

대혁이 고개를 끄덕였다. 확실히 한국에서도 예명으로 활동하는 연예인은 손가락으로 꼽을 수 없을정도로 수두룩했다.

"그럼 본명이 뭐죠?"

"아일리스 그라비예요."

"아일리스라… 좋은 이름이군요."

"…고마워요."

페르낭 그라비는 뭔가 소외된 느낌에, 그리고 묘하게 이상한 기류가 흐르는 둘 사이를 환기하기 위해 헛기침을 했다.

"큼큼."

"아, 오빠."

레이첼은 그제서야 정신을 차리고 다시 페르낭을 돌아보았다.

"저번에 호텔에서 나를 구해줬던 분이 있었다는 얘기 기억나?"

"물론이지… 설마?"

"응. 그것도 여기 대혁씨야."

"아…."

페르낭은 잠시나마 대혁과 기싸움을 벌였던 자신이 부끄러울 지경이었다.

"이거 정말, 부끄럽군요. 제 동생의 은인을 눈 앞에두고…."

대혁이 손사레 쳤다.

"신경쓸 거 없어."

레이첼이 페르낭을 향해 말했다.

"그런데 오빠, 대혁씨를 잘 아는 것 같네."

"잘 알 수밖에."

"왜?"

"그는 지금 아시아에서 가장 유명한 헌터 중 하나야. 레버넌트는 너도 알지?"

"응, 얼마 전에 헌터 혼자서 궤멸시켰다던…."

"그 혼자가 바로 이 분이야."

"아!"

대혁을 바라보는 레이첼의 눈이 새삼스럽게 변했다.

페르낭은 레이첼에게 시선을 거두고 대혁을 보았다.

"그런데… 골렘은 보이지 않는군요."

"번잡하게 골렘까지 꺼낼 필요는 없었어."

"대단하군요. 골렘 없이도, 이들을 다 제압하다니."

칭찬을 듣는게 낯간지러웠다. 대혁은 대충 말을 흘려넘기고 아직도 부들부들 떨고있는 레인의 앞에 쭈그리고 앉았다.

페르낭은 가만히 지켜보았다.

대혁이 레인을 불렀다.

"이봐."

"네, 넷?

"너 말이야."

"네."

"이거."

대혁이 레인의 팔에있는 브로슬렛을 확 잡아 당겼다.

투툭.

브로슬렛의 연결부가 끊겼다. 대혁은 브로슬렛을 손으로 흔들며 말했다.

"이거 어디서 났어?"

◆

대혁이 뉴욕까지 와서 찾고 있는 것은 바로, 새로운 골렘이 쓰일만한 동력원(動力源).

그리고 그 일은 대혁뿐만 아니라, 다른 골렘들도 하고 있다. 바로 무토 요시노리, 파모라, 종현량 등.

그 동력원을 찾기 위해 전 세계각지에서 대혁의 커스텀 골렘들이 용을 쓰고 있다.

카가각.

무토 요시노리의 카타나가 종으로 길게 그어졌다.

허공을 양단해가는 일검. 검은 몬스터를 베기 위해 움직이는 것이었다.

하지만 몬스터의 껍질을 베지 못하고 겉면에 가느다란 실선을 남기는 정도로 만족해야 했다.

무토 요시노리는 생각외로 단단한 몬스터의 껍찔에, 조금 당황하며 뒤로 물러섰다.

껍질의 두께와, 강도는 웬만한 강철갑옷 못지 않다.

아니, 오히려 강철갑옷정도는 이 몬스터의 일격이면 우그러질 것이다.

후웅—

이번엔 몬스터의 공격이 무토 요시노리를 노리고 날아든다. 거대한 꼬리였다. 꼬리는 그대로 무토 요시노리의 몸을 침몰시켜버릴만한 거력을 품고 있었다.

하지만 무토 요시노리는 당황하지 않았다. 첫 공격을 실패했을때, 이미 몬스터의 공격을 예상해 뒤로 조금 물러났다.

아무리 거대한 힘을 가지고 있는 공격이라 할지라도, 맞지 않으면 무용지물이다.

무토 요시노리는 마지막까지 공격을 살피다가 발을 놀렸다.

슥, 스슥.

작은 보폭으로 움직였지만 보법의 묘리가 담긴 움직임이라, 몬스터의 꼬리 공격을 여유롭게 피할 수 있었다.

몬스터의 공격은 느렸다. 하품이 나올 정도로 느렸다.

물론 그것은 무토 요시노리의 기준에서 봤을 때 느린 거지 절대적인 속도가 느린 것은 아니다.

코모도 엠페러.

도마뱀의 황제라는 이름이 어울리는 몬스터. 머리부터 꼬리까지 길이가 15미터가 넘는, 대형괴수. 놈의 외피는 마치 갑옷처럼 단단하지만 움직임이 단순하다.

갑옷을 입은 병사라도 일격에 절명에 이르게 할 만큼 치명적인 꼬리 공격도 가지고 있다.

그리고 그는 이 던전의 패자, 즉 보스 몬스터다.

던전에서 가장 강한 몬스터답게 쉽진 않다.

무토 요시노리는 오러를 끌어올렸다. 단순한 카타나의 공격력으로는 코모도 엠페러의 단단한 갑피를 베어내지 못한다는 판단하에서였다.

오러가 카타나의 날을 휘감았다. 선연한 강기가 카타나에 맺히자 코모도 엠페러가 움찔했다.

본능적으로 두려움을 느낀 것이다.

오러를 품은 카타나는 천하의 명검처럼 예기를 발했다.

날카로움이 배가 된 카타나를 들고 무토 요시노리는 기회를 살폈다. 코모도 엠페러의 공격이 이어졌다.

'첫 번째 공격은 넘기고.'

마구잡이로 휘둘러오는 묵직한 꼬리 공격은, 무토 요시노리는 허리를 살짝 뒤로 젖히는 동작만으로 피해냈다.

거대한 꼬리의 끝이 아슬 아슬하게 무토 요시노리를 스치고 지나갔다.

후-웅!

바람이 통째로 밀려나가면서 거대한 파공성이 뒤를이었다.

'다시 한 번더!'

거대한 꼬리는 연속으로 두번 움직였다. 한 번 횡으로 크게 휘둘러지고, 다시 번개처럼 움직여 반대편으로 움직인다. 공격은 무토 요시노리의 몸을 직접노리고 집요하게 날아들었다.

무토 요시노리는 카타나를 세로로 세워 꼬리를 막았다.

서-걱!

아무리 두꺼운 껍질로 덮여있다고 해도, 오러를 입힌 검날엔 두부처럼 썰려나갈 수 밖에 없다. 꼬리에 카나나가 파고 들었다.

검날이 꼬리를 파고 든 순간, 무토 요시노리는 카타나를 밀며 앞으로 전진 했다.

코모도 엠페러의 몸체가 단단하다지만 오러를 입힌 카타나를 견딜정도는 되지 못했다.

거대한 꼬리가 반으로 갈라졌다. 피와, 허옇고 길다란 뼈가 보였다.

"꾸룩!"

고통스러운지 코모도 엠페러의 입부분에서 거품이 살짝 흘러나왔다.

위기시에 입에서 나오는 분비물!

코모도 엠페러를 잡을 수 있는 기회가 찾아왔다.

무토 요시노리는 기회를 놓치지 않고 카타나로 코모도 엠페러의 몸을 공격했다.

이번엔 코모도 엠페러의 갑피가 마치 두부를 써는 것처럼 쉽게 잘려나간다.

무토 요시노리는 연속해서 공격을 날렸다.

서걱! 서걱!

횡으로. 종으로. 그리고 십자모양의 흉터가 계속해서 코모도 엠페러의 몸을 파고 들었다.

거대한 덩치에 비하면 조족지혈이라고 할 수 있는 상처였지만, 계속 허용하면 코모도 엠페러에게도 커다란 데미지가 쌓인다.

대여섯번은 검격을 몸으로 맞아내고서야 거품을 물던 코모도 엠페러가 정신을 차리고 움직이기 시작했다.

무토 요시노리는 따라붙으며, 코모도 엠페러의 몸을 계속해서 공격했다.

석, 서걱.

이미 몸의 여러곳이 갈라져 피가 흘러내리고 있는 상태였다. 반격의 기미가 엿보이지 않았다.

더 이상 공격을 허용하면 위험하다는 위기감이 든 것인지 코모도 엠페러는 그 상태로 도주를 시도했다.

하지만 그대로 놓쳐줄 무토 요시노리가 아니었다.

"어딜!"

무토 요시노리는 이미 코모도 엠페러의 퇴로를 예측하고 한달음에 따라붙었다.

카타나가 반달모양을 그렸다.

서걱!

코모도 엠페러의 배가 절반으로 쪼개지며 그 안에서 내장이 주르륵 흘러나왔다.

"꾸에에에에에엑!"

코모도 엠페러가 기괴한 비명을 질렀다. 무토 요시노리

가 고통에 몸무림치는, 코모도 엠페러의 머리 위로 타고 올랐다.

푸욱!

그리고 놈의 머리통에, 역수로 쥔 카타나를 박아넣었다.

발악하던 코모도 엠페러의 몸이 부르르 잔경련을 일으키다 곧 축 늘어진다.

"꼬리로 꼬치구이를 하면 딱일 것 같군요."

실없는 농담을 던지며, 무토 요시노리는 챙길만한 아이템을 챙겨들었다.

[오다이바 사쿠라 건물 던전이 공략되었습니다.]

약간의 격차를 두고, 공략 알림음이 들려왔다.

코모도 엠페러는 이 던전의 보스 몬스터였다.

무토 요시노리는 일본에서, 대혁이 새로운 골렘의 동력원으로 쓸 만한 것을 찾고 있다.

"이번에도 없는가."

정리를 끝낸 무토 요시노리가 스마트폰을 꺼내들었다.

이번에도 허탕을 쳤다.

"시간이 벌써 이렇게 되었나?"

혼잣말을 중얼거리며 무토 요시노리는 스마트폰의 화면을 터치했다.

종현량으로부터 연락이 잔뜩 와 있었다.

원래 수다스러운 그는 중국에서, 무토 요시노리와 똑같은 일을 하고 있다.

문자는 잔뜩 불만을 토로하고 있었다.

"크크큭."

무토 요시노리는 웃음을 터뜨리며 종현량의 문자를 하나하나 읽었다.

뿌류퉁해 있을 그의 얼굴을 생각하니 웃음이 멈추지 않는다.

무토 요시노리도 그와 같은 입장에 있다보니 하나하나 공감이 갈 수 밖에 없었다.

목표는 동력원을 구하는 것.

하지만 좀처럼 나오지 않고 있다.

대혁이라도 빨리 찾아주길 바랄뿐.

◆

"이, 이 브로슬렛이요?"

"그래."

"드, 드릴게요. 이거 다 드릴테니 제발 살려주세요."

"침착해. 침착하고 어디서 난 것인지 말해봐."

대혁은 브로슬렛과, 벨트를 다시 유심히 바라보았다. 정확히는 그 벨트와 브로슬렛에 박혀있는 보석을 바라보았다.

붉으스름한 광채를 띠고 있는 앰플스톤.

마나스톤이 마력을 저장하고 있는 광석이라면,

앰플스톤은 마력을 증폭시키는 역할을 한다.

'이게 지구에도 있을 줄이야.'

앰플스톤을 얻을 수 있다면 얘기는 달라진다.

이야기 하자면, 앰플스톤은 보통의 마나스톤도 증폭시켜 몇배의 효율과 출력을 낼 수 있게 해준다.

평범한 엔진을 터보엔진으로 바꿔버리는 셈이었다.

아까, 레인이 마법을 사용할 때, 마나를 증폭시켜 마법자체의 위력을 증가시킬 수 있었던것도 바로 이 앰플스톤 덕분이었다.

"저, 저희 조직에서…."

"레드스콜피온 말이지?"

"너희 조직에서 이걸 취급하나?"

"자세한 건 저도 모르겠어요. 하지만 그건 아닐 거예요. 저의 보스가 저와, 다른 마법사 하나에게만 준 것이거든요. 그렇게 흔하게 구할수 있는 건 아닌 것 같은…."

"그래. 됐어."

대혁이 고개를 끄덕였다. 앰플스톤의 출처를 역으로 따라 올라가다보면, 대량으로 구할 수 있을 것이다.

대혁은 벨트와, 브로슬렛에서 앰플스톤을 떼어냈다.

"이건 내가 가진다."

"예."

레인은 순순히 모든 말에 따랐다. 지금 이 순간, 그에게 중요한 것은 다른 그 무엇도 아닌 자신의 생명이었다.

눈 앞의 우대혁은, 레인 입장에선 저승사자처럼 느껴졌다.

그도 그럴것이 혼자서 거한 다섯과, 드베르그. 그리고 자신의 마법까지 상대했다.

최대한 우대혁의 말을 잘 따르는 것이 살아날 수 있는 길이라고 여길 수 밖에 없었다.

수틀리면 자신의 머리를 절반으로 쪼개놓을것만 같다.

대혁은 슬롯을 열어, 앰플스톤을 집어넣었다.

"너."

"네."

"나한테 말해줘야 할게 있다."

"뭐, 뭐죠?"

대혁은 레드스콜피온의 본거지에 대해 물었다. 레인은 자신이 아는한 최대한 상세히 레드스콜피온의 본거지 여러곳을 일러줬다.

이런 놈을 부하로 두고 있던 보스가 불쌍할 정도였다.

대혁은 캐물을만한것들은 다 캐묻고 자리에서 일어났다.

대화가 끝나자, 약간 거리를 두고 있던 레이첼과 페르낭이 다가왔다.

"대화는 모두 끝나셨습니까?"

"네."

"이제 어떻게 하실 생각이시죠?"

"저는… 레드스콜피온의 본거지로 찾아갈 생각입니다."

"예?"

페르낭이 약간 놀란 어조로 되물었다.

"이참에 레드스콜피온의 뿌리를 뽑아버리려고 합니다."

"……."

페르낭은 할 말을 잃었다. 범죄조직을 그렇게 일거에 소탕해 버리는 게 말처럼 쉬운 일이던가?

절대 아니다.

범죄조직이란 것은 결코 홀로 자생하지 않는다. 주변과 유착해가며, 특히 다른 헌터집단이나 경찰과도 내부적으로 긴밀히 연결되어 있을 수 있다.

그래서, 쉽게 소탕하기가 더욱 어려운 것이다.

하지만.

대혁은 이미, 홀로 레버넌트의 간부들을 격살시킨적이 있다.

레드스콜피온은 레버넌트에 비하면 영세하다고 할 수 있는 조직 아니던가?

그의 말을 믿을 수 밖에 없었다.

"부회장님!"

대혁과 페르낭이 대화를 하고 있는 사이에, 지하주차장으로 유니폼을 차려입은 헌터들이 달려 들어왔다.

페르낭의 연락을 받고 헌터협회에서 곧바로 출동한 헌터들이었다.

"여기 좀 정리해주세요."

페르낭이 그들에게 지시를 내렸다. 헌터들은 아직까지 바닥에 엎어져 있는, 레드스콜피온의 일당들을 포박했다.

"클클… 정말 대단한 일격이었어. 목을 맞은 순간, 의식이 휘발되더군. 네 이름을 알고 싶다."

의식을 찾은 드베르그가 헌터들에 의해 포박당한 채로 끌려가다가 대혁에게 말했다.

"나도 너 같은 놈을 보는 게 흔한 일은 아니야."

"이름이 뭐지?"

"우대혁."

"우…대…혁…."

그의 이름을 혀에서 굴려보며 드베르그는 끌려갔다.

"자, 그럼. 전 가봐야겠습니다."

"여기서 헤어지는 건가요?"

"한국의 속담중엔 이런 말이 있거든요. 쇠뿔도 단김에 빼라!"

"……."

레이첼이 아쉬운 표정을 지었다. 대혁이 말했다.

"오늘의 데이트는 즐거웠습니다."

"저도요."

"다음에 기회가 있다면 언제 또… 함께 식사해요."

그말에 레이첼의 표정이 사뭇 풀렸다.

"네! 꼭이요!"

페르낭이 한걸음 앞으로 나왔다.

"사실 오늘 동생과 데이트를 하려고 했습니다."

"……?"

"동생에겐 미안하지만… 저도 레드스콜피온을 토벌하는 데 동참하겠습니다."

◆

"어디 다치신데는 없습니까?"

대혁은 페르낭 그라비가 모는 자가용에 올라타 있었다.

페르낭 그라비는 동생인, 레이첼과는 달리 비교적 저렴한 자동차를 타고 있었다.

바로 옵티마.

한국에선 k5란 이름으로 불리우는 기아의 자동차다.

먼 타지에서, 자국의 자동차 브랜드를 보자 자기도 모르게 반가운 기분이 드는 대혁이었다.

대혁이 짤막하게 대답했다.

"예."

"그래도… 방금 그런 전투가 있었는데요."

"흠… 전투는 금방 끝났고, 외견상으로 봐도 크게 다친 데가 없지 않습니까?"

"그렇긴 하지만, 혹시 모르는 일 아니겠습니까?"

차가 잠시 정차한 틈을 타, 페르낭 그라비는 글러브 박스에서 유리병하느를 꺼냈다. 안에는 보랏빛 액체가 찰랑거렸다.

"달간의 풀로 만든 쥬스입니다."

달간의 풀.

달간의 풀은 던전안에서 채취할 수 있는 진귀한 약초다.

결코 흔한 물건은 아니다.

달간이라는 몬스터의 영역에만 군생지가 분포해 있었는데

이 달간이라는 몬스터는 만만한 놈이 아니었다.

인간형의 몬스터인데 키가 2M가 넘는다. 온몸이 근육질이고 힘이 장사다. 또한 팔이 네 개 가 달려있었는데 이 네 개의 팔로 자유자재로 무기를 다룬다.

한마리의 전투능력만 놓고봐도 무시무시한 몬스터다.

그런데 이 달간은 무리생활을 한다. 최소 4~5마리의 달간이 뭉쳐 다닌다.

그렇기 때문에 더욱 사냥하기 어려운 몬스터다.

달간의 풀을 찾는 것도 여간 까다로운 일이 아니다. 달간의 풀은 달간의 영역 안에서도 극히 일부에 분포하고 있기 때문이다.

달간무리를 사냥하거나, 피해가면서 달간의 풀을 뜯기란 그만큼 난이도가 있는 일인 것이다.

하지만 그 풀이 담고 있는 치유력, 재생력은 알아줄만하다.

다친 상처에 바르면 상처가 단숨에 낳고 쥬스를 내서 마신다면 내상까지 말끔히 치유해준다.

일반적인 포션 이상으로 효능이 좋다.

그러한 이유로 달간의 풀은 헌터마켓에서도 꽤 비싼가격에 시세가 형성되어있다.

“고맙습니다.”

대혁은 달간의 풀로 만든 쥬스를 받아들었다.

뚜껑을 따자 역한 냄새가 확 올라왔다. 대혁은 냄새를 무시하고 바로, 쥬스를 넘겼다.

꿀꺽. 꿀꺽.

“크….”

뒷맛이 씁쓰레 하다. 대혁은 작게 입맛을 다시며 뚜껑을 닫았다.

아까, 배틀해머를 맨손으로 받아내며 손목이 조금 저려온 참이었다.

쥬스를 마시자, 시큰했던 손목이 씻은 듯이 멀끔해졌다.

“고맙습니다.”

“별걸다… 오히려 제 쪽이 반복해서 말해드리고 싶습니다. 감사하다고요.”

대혁은 페르낭이 생각처럼 나쁜 녀석은 아니라는 판단이 섰다.

대혁은 궁금한 점을 물었다.

"이 블랙헌터라는 놈들이 왜 이렇게 창궐하는 거죠?"

페르낭은 고개를 끄덕거렸다.

"쉽게 말씀해 드리겠습니다. 놈들은 지금 장사를 하고 있습니다."

"장사 말입니까?"

"네. 보통의 인간을 할 수 없는 일. 이를테면 당신과 저 같은 헌터들이 던전에 들어가서 구해오는 아이템, 아티팩트들. 이런 것들은 헌터가 아닌 자들에게도 상당한 쓸모가 있습니다."

"그렇겠죠."

"던전과 각성자가 나타나기 시작했을 때, 이 능력을 어떻게 써야할지 제대로 아는 사람은 몇 없었습니다. 그러다가 우리는 몬스터를 상대로, 우리의 힘이 통한다는 것을 알고, 싸우게 된거죠. 처음엔 누가 시켜서 했다기보다, 우리가 싸울 수 있으니까 싸운 거예요."

"흠."

대혁은 경청했다. 그 시간동안 대혁은 노바틱 행성에 있었다.

"그러다 알게 된 게 하나 있죠. 이 아이템들. 이것들은 플레이어가 아닌 사람에게도 통용된다."

대혁이 고개를 끄덕였다.

확실히 이 능력들은…… 혹은 아이템은, 일반인에게도 적용된다.

"자 그럼 생각해보십시오. 방금 전에 대혁씨가 마셨던 달간의 풀로 만든 주스. 가벼운 외상 정도야 삽시간에 완치시키고 중상을 입었던 환자의 몸도 원상복귀 시켜줄정도로 강한 치유력을 가졌습니다."

"예."

"단적으로 말한 것이지만, 세상엔 이런 아이템들을 원하는 재력가들이 수도 없이 널려있습니다. 생각해보세요. 병원에서 몇 날 며칠을 요양해야 간신히 추스릴 상태를 주스 한 잔 마시는 걸로 회복 할 수 있는 겁니다. 돈 있는 사람들이 이런 것을 마다할까요? 얼마든지 쏟아 붓죠. 그것 뿐만이 아닙니다. 몸을 회복시키는 아이템. 신체능력을 더 강하게 해주는 아이템. 심지어 돈만 많고 살 날이 얼마 남지 않은 노인들에게 젊음을 되찾게 해주는 아이템들까지."

"아."

대혁은 페르낭이 무슨 말을 하는지 얼핏 알아들을 수 있었다.

"하지만 헌터협회는 이런 것들이 한 순간에 사회로 흘러들어가면, 오히려 큰 혼란이 생길거라고 생각했습니다. 그래서 규제를 통해 공급을 통제하고 있죠."

"블랙헌터들은 그걸 거부하는군요."

"예. 물론 단순히 미치광이 정신병자들도 있겠지만요."

확실히 각성자로써의 능력을 활용 할 방법은 무궁무진했다.

블랙헌터들은 아이템을 판매하여 극 소수 상류층들로부터 어마어마한 수익을 얻는다.

암흑가에서 어마어마한 재력을 쌓는 것은 일도 아니리라.

'장사뿐만 아니라, 다른 일도 가능하겠지.'

이를테면 청부암살이라거나.

능력자들이 보통 사람 하나 둘 죽이는건 일도 아니리라.

"다 왔습니다."

페르낭이 말했다. 대혁이 생각에 잠겨 있는 사이, 차는 목적지에 도착했다.

◆

"뭐라고?"

소식통이, 헌터가 연행해가는 레인과 드베르그 등을 확인했다고 연락을 취해왔다.

에이던은 제 눈앞에 무릎 꿇고 앉은 두 명의 덩치를 보며 언성을 높였다.

한 눈에 보기에도 에이던은 굉장히 화가 나 있는 상태였다.

에이던의 얼굴이 잔뜩 일그러져 있었고 꿇어 앉은 덩치들은 부들부들 떨면서 에이던의 처벌을 기다릴 뿐이었다.

덩치의 이름은 각 데이먼과 닐.

불과 30분전까지만 해도, 에이던과 함께 쇼파에 앉아 대화를 나누던 남자들이었다.

데이먼과 닐은 떨리는 목소리로 대답했다.

"죄, 죄송합니다!"

"역량껏 하라고 모든 걸 지원해줬더니! 뭐? 또 실패한 것 같다고? 그걸 지금 말이라고 하는 거야?"

퍼억!

에이던이 무릎 꿇고 있는 덩치 중 한명을 걷어찼다. 닐이었다.

닐은 뒤로 쳐박혔다가 몸을 일으켰다. 발차기 한번에 얼굴이 피범벅이 됐지만 다시 벌떡 일어나 무릎을 꿇었다. 빌빌대며 아픈 척해봤자 더 험한꼴을 당할 뿐이었다.

차라리 이렇게, 고통을 참는 모습이 덜 깨지는 방법이라 생각했다.

하지만 이번엔 그의 예상이 통하지 않았다.

"후…… 그래서, 이제 어떻게 될 것 같나? 레인은? 설마 모조리 다 잡힌 건 아니겠지?"

"그… 그게… 아직 자세한 상황은 저도……."

"이런 병신 같은 새끼들!"

에이던이 닐의 목덜미를 붙잡고 다짜고짜 얼굴에 주먹을 날리기 시작했다.

퍼억! 퍼억!

복싱경기에서 볼 수 있는 더티 복싱이었다. 하지만 이건 일방적이라는 점이 다르다.

닐의 얼굴에서 금세 코피가 터져 나왔다. 에이던은 멈추지 않고 닐의 얼굴에 주먹을 박았다.

능력자의 주먹이다.

닐의 얼굴이 피범벅이 되는 것은 부지불식간이었다.

퍼억!

"끄륵… 제발…."

입안이 다 터졌는지 닐은 피가 끓는 목소리로 선처를 호소했지만 에이던는 멈추지 않았다. 주먹이 붉게 물들 때 까지 연신 주먹을 날렸다.

"이, 이, 이 개새끼가!"

그렇게 한참을 더 주먹질을 하던 에이던가 씩씩대며 손을 놓자, 의식이 날아간 닐의 몸이 옆으로 고꾸라져 넘어갔다.

"제발 살려주십쇼!"

그때 옆에 있던 데이먼이 소리쳤다.

"그래, 살려줘야지."

에이던은 다짜고짜 데이먼의 뺨을 후려 갈겼다. 데이먼의 머리가 돌아갈 정도로 강한 위력이었다.

뺨이 금세 퉁퉁 부어오르고 입술이 터져 피가 나왔다. 하지만 에이던는 그냥 넘어갈 생각이 없었다.

데이먼은 기겁을 해 덜덜 떨었다. 아픈 뺨도 뺨이었지만 에이먼이 풍기는 기세가 매서웠다.

마치 자신을 죽일듯한!

일반인이 감당하기엔 에이던의 살기는 너무 섬뜩했다.

에이던이 데이먼의 목을 잡아 들었다.

에이던의 키는 175cm.

데이먼은 그보다 적어도 10cm는 커보였다. 덩치도 상당해서 체중이 많이 나가 보였다.

하지만 에이던는 가벼운 물건을 들 듯, 한손으로 데이먼의 목을 잡아 올렸다.

"컥… 커,컥! 제… 제발 한… 한번만 더 기회를!"

데이먼은 숨이 막히는지 토해내듯이 말했다. 다리가 바닥에 닿았지만 목을 움켜쥔 손아귀의 힘이 워낙 강해 그 상태로도 숨이 죄어오는 것을 느꼈다.

에이던은 대답하지 않았다. 이글 이글 불타는 눈동자로 움켜 쥔 손아귀에 힘을 더 주었다. 눈동자가 위로 돌아가 흰자만 남고, 거품을 물 때까지.

마침내 데이먼이 의식을 잃고 입에서 흘러나온 거품이 에이던의 손에 닿았을 때, 에이던은 내팽개치듯 데이먼을 떨쳐버렸다.

퍼억!

데이먼의 몸이 벽한구석에 쳐박혀 추욱 늘어졌다.

"쓸모없는 것들."

에이던은 자신의 테이블로 돌아가며 품에서 손수건을 꺼내 손을 닦았다.

"후, 분이 풀리지 않아."

한숨을 내 쉰 에이던이 테이블의 벨을 눌렀다.

-예.

"들어와서 이놈들 좀 치워가라."

잠시 후, 덩치 몇 명이 우르르 들어왔다.

그들은 의식을 잃은 데이먼과 닐을 보고 흠칫 놀라더니 어깨에 들쳐 멨다.

"그럼 나가보겠습니다."

덩치들이 90도로 허리를 숙여 꾸벅 인사했다. 레드스콜피온은 거의 갱단과 같은 형태를 갖고 있었다.

에이던은 대답 대신 고개만 까딱거렸다.

덩치들이 밖으로 나갔다.

VVIP룸엔 에이던과, 방금 실려나간 남자 둘 말고 새로운 남자가 와 있었다.

대혁과 레이첼을 암살하라고 보냈던 일행들이 당했을지도 모른다는 얘기에, 에이던은 곧바로 그를 불렀다.

바로 에이던의 심복이자, 실질적으로 레드스콜피온에서 가장 강한 힘을 가지고 있는 녀석이었다.

"자신 있나?"

"물론입니다."

그가 비릿한 미소를 띄우며 대답했다.

"그래. 그럼 나는 잠깐 화장실 좀 갔다올 테니까… 기다리고 있어."

"예."

에이던이 문을 향해 돌아선 순간이었다.

팟!

갑작스레 찾아온 암막.

정전이었다.

눈 앞을 덮은 어둠에도 에이던은 크게 당황하지 않았다.

"정전."

그저 짜증이 더 할 뿐이었다.

"오늘은 정말 날은 날이군."

에이던은 잔뜩 일그러뜨린 얼굴로 어둠을 헤쳤다.

에이던은 더듬거리며 아까 덩치들을 불렀던 호출벨을 찾았다.

호출벨에는 자체 배터리가 내장되어 있기 때문에 정전과는 무관하게 작동한다.

벨은 찾은 이유는 물론 호출벨로 어떻게 된 일인지 부하에게 묻기 위해서였다.

테이블 한쪽에 자리한 호출벨이 손에 느껴지자 벨을 누르고 에이던이 말했다.

"이봐, 어떻게 된 일이야?"

에이던이 물었지만 저쪽에선 대답이 없었다.

에이던은 머리가 좋지만 성격이 급하고 나쁘다.

부하들도 그 점을 충분히 알고 있기 때문에 호출벨 앞에서 항상 대기하고 있다.

에이던의 부름에 재깍재깍 대답하기 위해서다.

"어떻게 된 일이냐고?"

에이던이 재차 물었지만 역시 대답은 없었다.

순간 에이던의 표정이 살짝 굳어졌다.

두 가지 가능성 때문이었다.

첫 번째 가능성은 건방지게 대답을 지체하고 있는 부하녀석들 때문이다.

에이던의 성격에 부하들의 태업을 가만히 두고 볼 리 없었다.

그건 누구보다 그의 부하들이 잘 안다.

에이넌에게서 사비란 난어를 찾아볼 수 없다.

외모는 언뜻 신사적으로 보이지만 누구보다 과격하고 폭력적인 남자였다.

특히나 그의 부하들한테는 말보다 주먹부터 나간다. 아까 데이먼과 닐을 초죽음상태로 만들었던 것처럼.

그리고 그는 기다리는 걸 싫어한다.

그의 부하들은 그가 묻기 전에 먼저 답을 찾아서 말해야한다.

말보다 주먹이 먼저 나가고 성격이 나쁜 두목.

밑에 사람 입장에서는 항상 긴장을 해야한다.

그런데 이 상황.

정전이 되어 앞이 안 보이는 상황이 일어났는데도 먼저 보고를 하지 않고, 심지어 물어봤을 때 대답도 없다니.

용납할 수 없는 일이다.

당연히 표정이 굳어질 수 밖에 없다.

두 번째로는 부하들이 대답할 수 없는 상황!

'그런 일이 뭐가 있지?'

정전이 되고 에이던이 호출벨을 누르며 부하를 찾기까지는 1분여도 채 안 되는 시간이었다.

물론 처음 겪는 일이기 때문에 당혹감에 비약을 하고 있는 것인지도 모른다. 단순히 지나가는 정전일지도 모른다.

하지만 그간의 경험에 비추어봤을 때 이건 확실히 상정 외의 상황이었다.

그런 생각들이 에이던의 머리를 스쳐지나갔을 때.

찰칵.

끼이이익.

문고리가 돌아가는 소리, 경첩의 마찰음이 차례대로 들리며

3. 팬텀

3. 팬텀

바깥 공기가 안으로 밀려들어오는 것이 느껴졌다.

"누, 누구냐?"

예상치 못하게 돌아가는 상황이 에이던을 당황하게 했다.

문이 열렸다. 그리고 다시 닫혔다. 간단한 동작이지만 그 동작이 의미하는 바는 분명했다.

'누군가가 들어왔다.'

귀신의 행태가 아니고서야 문이 저 스스로 여닫힐리는 없으니까.

에이던은 침을 꿀꺽 삼켰다. 웬놈이 기척도 없이 이 룸에 들어온단 말인가.

정전이 되면서 클럽밖의 쿵쾅 거리는 EDM뮤직도 씻은 듯이 사라졌다.

사위가 정적이다.

그 점이 공포감을 배가시킨다.

고막을 때리던 음악들이 적막으로 대체되고, 시야에 들어오던 물건들이 한꺼번에 어둠에 먹혀버린다.

감각들의 일시적인 상실감.

'후. 겁먹을 필요 없어. 나 에이던이야.'

에이던은 마음을 다잡았다. 능력자는 오러를 이용하면 감각을 예민하게 끌어올릴 수 있다. 에이던 역시 오러를 사용할 줄 알았다.

오러의 활용도는 무한하고, 지금처럼 어둠이 시야를 지배하는 상황에서도 상대의 기척을 읽을 수도 있다.

에이던은 슬며시 감각을 끌어올렸다. 기감이 열리며, 주변이 느껴진다.

갑작스러운 정전탓에, 소란스러운 문밖, 춤을추던 젊은 남녀들이 소리를 지르고, 직원들은 당황해서 백방으로 뛰어다닌다.

하지만 불이 꺼지면 응당 클럽의 주인인, 자신을 찾으러 와야 할 발걸음은 느껴지지 않는다.

에이던은 다시 감각을 좁혔다. 기감이 방안을 뒤덮는다.

방안에선 아무것도 느껴지지 않았다.

그렇다면, 멀쩡한 문이 왜 열렸다가 닫혔을까? 부하들일

까? 부하들일 가능성은 없다.

부하들은 에이던의 급한 성격을 알고 있다.

만약 부하들이 아니라면 문을 열고 들어오기전부터 문을 두드리고 들어와도 되는지에 대해 물었을 것이며, 들어오자마자 용건을 말했을 것이다.

그런데 문이 여닫히는데도 말은 한 마디도 없다.

아니 그전에 에이던의 부하중 그의 감각을 피해갈 수 있는 놈은 없다.

부하라면 기척을 감지했을것이다.

이건 그야말로 귀신의 행태다.

'내가 너무 예민하게 생각하고 있는 건가?'

에이던은 침을 꿀꺽 삼키며 생각했다. 단순하게 생각해보면, 정전이 되고, 문이 열렸다가 닫힌 가벼운 상황이다.

하지만 간과할 수 없다.

지금 에이던이 하는 생각처럼, 누군가가 자신을 노리고 이 vvip룸을 찾아왔을수도 있다는 걸.

이를테면 그 대혁이라는 놈.

자신이 연이어 레이첼억 엮여 놈을 죽이려고 한 것을 알고는, 자신을 찾아왔다?

충분히 가능한 얘기다.

'하지만, 무슨 수로 이렇게 빨리 찾아올 수 있지?'

그래. 적어도 우대혁이란 놈은 아니다. 그럼 누굴까? 의도적으로 이런 일을 할 사람? 원수? 그럼 사람이 있나?

물론 있다. 수도 없이 많다. 레드스콜피온은 수 많은 악행을 자행해왔으니까. 오히려 척지지 않은 사람을 찾는 것이 더 빠를 것이다.

'침착하자.'

필요이상으로 긴장하고 있는 것은 분명했다. 사실관계를 따져보면 이렇게 긴장할 상황은 아니다.

단지 정전이 있었고, 어둠속에서 문이 열렸다가 닫혔을 뿐이다.

'우연.'

그래 우연일 수도 있다. 이제 정전이 되고 1분이 갓 넘은 상황이었다.

자신이 과도하게 의식하는 걸 수도 있다.

더군다나 에이던 자신은 꽤 강한축에 속하는 블랙헌터다. 위축될 필요는 없다.

다시 한 번 오러를 슬며시 끌어올리자 기척이 느껴졌다.

바로 더크.

에이던의 심복, 에이던이 믿고 있는 레드스콜피온의 비밀병기!

더크의 기척이 느껴지자 에이던은 일단 한 시름 놓았다.

누구라 해도 더크와 에이던 자신까지, 두사람을 한꺼번에 감당하려면 벅찰 것이다.

'그러고 보니 말이 없어졌네.'

기척은 느껴지지만 더크의 목소리가 들리지 않는다. 평소

더크의 성격이라면 정전이 되자마자 궁시렁댔을것이 분명하다.

하지만 지금은 말수가 없다. 그래, 정전이 된 후, 문이 여닫힌 후부터.

찜찜함을 애써 털어내기 위해 에이던이 더크를 향해 먼저 물었다.

"더크? 괜찮지?"

대답은 잠시간의 간격을 두고 날아왔다.

그런데 에이던의 귀에 들려온 대답은 낯선 목소리였다.

"아직은 괜찮아."

무미건조하고.

"죽어가고 있긴 하지만."

방금 들었지만 그 대답의 내용은 벌써 어둠 한구석으로 파묻혀 버린 것 같은.

"아직은 괜찮아."

그런 목소리였다.

유령처럼 스산한 목소리에 에이던의 등골에 식은땀이 배어나오기 시작했다.

상대의 등장을 감지하지 못했다는 사실이 믿기지 않고 당황스러웠다.

'어떤 녀석이 감히 내 구역에서.'

당혹감 그리고 약간의 긴장감과 함께 가슴 한 켠엔 분노가 자리잡았다.

'이 내가 누군줄 알고!'

분노의 싹은 조금씩, 조금씩 다른 감정을 밀어내며 에이던의 머리를 지배했다. 더군다나 목소리의 주인은 여성이었다. 여성에게 공포를 느낀다는 게 더 수치스러웠다.

어떤 술수를 쓰는 진 모르겠지만 그저 어둠속에 숨어서 속삭이는 일밖에 못하는 사기꾼이 분명했다.

그에 반해 자신은 블랙헌터의 세계에서 잔뼈가 굵은 사람이다.

그렇게 생각하자 자신감이 솟았다.

뒷세계 조직. 레드스콜피온의 주인.

최근엔 능력자들을 모아가며 점점 조직의 덩치를 키워가는 에이던이었다.

에이던은 오러를 끌어올려 양 주먹에 모았다. 화강암도 부술 수 있는 주먹이었다.

이 주먹을 휘두르면 당장이라도 눈 앞에 앉아있는 보이지 않는 상대의 얼굴을 으깨어 피범벅으로 만들 수 있으리라.

그리고 그 자신감은 목소리가 화해 표출되었다.

"누구냐? 내가 누군지는 알고 이런 짓을 하는 거냐?"

목소리는 잠시 텀을 두고 어둠을 가로질렀다.

"잘 알고 있지."

짤막한 대답.

하지만 에이던의 성격을 긁어놓기엔 충분했다.

"뭐? 잘알아? 잘알면서 이런 일을 벌였다는는 거냐? 감히 이 나를 상대로? 시건방진새끼!"

에이던이 금방이라도 움켜쥔 주먹을 휘두를 것처럼 으르렁대며 말했다.

"에이던. 너무 흥분하지 마. 기껏 내주었던 물건들이 아까워질 정도니까"

그 말에 에이던는 눈 앞에 보이지 않는 자가 누구인지 어렴풋이 알 수 있었다.

"……설마."

어둠속에 동화되어 있는 여성. 그리고 자신에게 '물건'을 내주었다고 말할 수 잇는 부류.

끓어오르던 에이던의 감정이 얼음물에 들어갔다가 나온 것처럼 빠르게 냉각되었다.

에이던은 다시 침을 꼴깍삼켰다.

"너… 너 혹시? 왜 네가 나를 죽이려고 하는 거지? 대체 왜? 우리는 동맹관계 아니었나?"

"동맹? 아니야."

"그, 그럼? 대체 왜 우리에게 접촉한 거야?"

"칼이 필요했을 뿐이야. 그런데 그 칼이 무디고 쓸 데가 없다는 걸 알게되어서 말야."

"그, 그래서? 그래서 어떻게 하겠다는건데!"

에이던의 얼굴에 식은땀이 질질 배어나오기 시작했다. 상대의 정체를 알게 된 이상 그의 몸을 사로잡은 공포가 몇 배나 증폭됐다.

"……."

대답은 돌아오지 않았다. 에이던은 쿵쾅거리며 뛰는 심장을 진정시키려고 애를 썼다. 어떻게든 여기서 살아나가기 위해선, 정신을 집중해야한다. 흥분으로 떨리는 몸으론 아무것도 할 수 없다.

"밖에는 내 부하들이 잔뜩 대기하고 있어. 이쯤에서 장난은 그만둬. 그렇다면… 내, 내가 너, 넘어가줄테니까."

여자는 대답하지 않았다.

에이던은 조용히 '후' 심호흡을 했다. 여전히 기척은 느껴지지 않는다. 하지만 룸의 구조들을 미루어봤을 때, 여자가 어디쯤에 있을지 감이 잡혔다.

에이던을 주먹을 꽉 쥐었다. 오러가 단단히 둘러쳐져있는 주먹.

이 주먹을 휘두르면… 그리고 적중시키기만 한다면 여자를 처리할 수 있다.

"대답하지… 않겠다면… 대답하게 만들어주마!"

에이던은 소리쳤다. 그리고 순간적으로 몸을 튕겼다. 위치는 오른쪽 쇼파 위였다.

쾅!

주먹이 애먼 벽을 때렸다. 오러를 두른 주먹은 벽을 부수기에 충분했다. 에이던의 주먹이 벽을 파고들었다. 그리고 에이던은 주먹이 벽에 박힘과 동시에 뭔가 핏 하고 움직이는 것 같은 느낌을 들었다.

파앗.

무언가 떨어지는 소리와 함께 에이던는 자신의 오른팔에서 화끈거리는 감각을 느꼈다.

후두둑.

더운 피가 쏟아졌다.

여자가 에이던의 오른팔을 잘라낸 것이다.

"끄, 끄아악."

에이던의 표정이 고통으로 일그러졌다. 입에선 자신도 모르게 비명과 함께 욕설이 터져나왔다.

시끄러운 비명의 틈새를 비집고 여자의 목소리가 작지만 뚜렷하게 들려왔다.

"너를 죽일지 말지는 내 소관으로 하라는 얘기가 있었는데. 흠. 방금 나에게 한 공격으로 정했어. 죽여줄게."

"끄… 끄윽… 이 미친 살인광년이…."

에이던은 피가 울컥이며 쏟아지는 팔의 단면을 움켜쥐고 뒤로 물러났다. 그의 잘린팔은 벽에 박혀 벌컥 거리며 피를 뱉어내고 있었다.

"씨… 씨발년!"

"더 욕해줄래?"

지척에서 들려오는 목소리에 에이던는 빙글 돌며 남아있는 왼팔을 휘둘렀다.

피핏.

손에 붙었던 핏물이 튀며, 주먹이 맹렬하게 움직였다.

후-웅!

하지만 주먹은 허공만을 갈랐다.

"으, 으윽"

여자의 목소리는 다시 에이던의 귀에 대고 속삭이듯 들려왔다.

"더 해줘. 제발. 응? 더."

에이던은 이번엔 목소리가 들려오는 쪽으로 킥을 올려찼다. 파-앙! 파공성이 들릴 정도로 매섭고 재빠른 킥이다. 보통 사람이라면 그대로 나가떨어져 절명할 발재간이다.

허나 발 끝에 닿는 감촉은 없었다.

여자에게는 닿지 않았다.

그녀는 유령 같았다.

"설마. 이게 벌써 끝이야? 혼자 가버릴 거야? 설마, 아니지?"

"허억… 허억… 또라이 년…."

에이던은 숨을 거칠게 몰아쉬었다. 팔이 잘린건 문제가 되지 않는다. 굳이 병원까지 가지 않아도 팔을 붙일 수 있는 아이템들이 있다.

이를테면 재생의 나무. 잘라보면 단면에 끈적끈적한 진액이 나오는데 진액을 모아 상처부위에 바르고 접합하면 혈관, 신경 할 것 없이 감쪽같이 절단부위가 이어진다. 던전에서 나오는 이런 재생의 나무는 부자들에게 팔아치우기 위해, 한아름 쌓아두고 있다.

헌터들에게, 더군다나 더러운 일을 도맡아 하는 블랙헌터에게 팔 다리 하나 잘리는 것쯤이야 대수가 아니다.

하지만 지금같은 경우는 팔 다리가 아니라 목이 잘려나갈 판이었다.

에이던은 비명처럼 욕설을 내질렀다.

"씨이이이이발!"

"느리다고."

에이던이 마구잡이로 주먹을 휘두르고 발을 찼다. 목소리가 들리는곳으로 공격을 했지만 번번히 공격은 허공만을 갈랐다.

"느려. 느리고 힘도 없어. 이렇게 느려선 아무것도 못 느껴."

여자는 여전히 그를 놀리듯이 말했다.

에이던이 공격을 할때마다 잘린 팔에서 핏물이 쏟아졌다.

"허억… 허억…."

에이던은 금세 시야가 하얗게 탈색되는 것을 느꼈다.

털썩.

결국 에이던은 무릎을 꿇고 주저앉을 수 밖에 없었다.

"씨… 이… 발…."

"혼자 가버린 거야?"

바로 앞에서 목소리가 들린다. 하지만 에이던은 대답할 기력조차 남아있지 않았다.

따악!

손가락을 튕기는 소리가 들렸다. 동시에 파앗! 룸에 불빛이 돌아왔다. 둥둥둥 거리는 EDM음악도 다시 시끄럽게 들려오기 시작한다.

"으… 으…."

에이던은 남은 힘을 모조리 쏟아 고개를 들었다.

적어도 자신을 죽인 여자의 얼굴은 보고 죽고 싶었다.

푹! 푹!

"으아아아악!"

하지만 볼 수 없었다.

여자가 단검으로 에이던의 양 눈을 모조리 파내버린것이다.

"흠. 그럼 여기까지만 할게."

여자가 에이던의 앞으로 걸어왔다.

"남길 말은?"

"죽여."

"좋아!"

푸욱!

에이던의 목에 단검을 찔러넣은 여자는 그대로 뒤돌아섰다.

환한 불빛아래 그녀의 모습이 낱낱이 드러났다.

글래머러스하고 굴곡진 몸매. 몸에 착 달라붙어 몸매가 드러나는

검은색 옷을 입고 있었다.

허리춤에 차고 있는 다용도 벨트엔 단검을 비롯한 여러 가지 무기가 달려있었다.

얼굴은 성격이나 몸매와는 달리, 귀여운 인상.

하지만 그런 얼굴을 감추기 위해서인지 아이라인의 끝부분을 위로 올려그렸다.

그녀는 바로 북미 대륙 최대의 블랙헌터 집단 '팬텀'의 레이디 어쌔신이었다.

"한 발 늦었군요."

무참한 VVIP룸의 광경을 보며 페르낭이 중얼거렸다. 대혁은 침묵으로 대답을 대신했다.

VVIP룸 내부는 말이 아닌 난장이었다. 고급자재로 마감한 곳곳이 깨져 있었고, 테이블이나, 쇼파 모두 원래의 형체를 알아보기 힘들만큼 뭉게져 있었다.

무엇보다 코를 찌르는 비릿한 혈향.

방 전체 여기저기에 흩뿌려진 핏자국과, 시체에서 흘러나오는 피는 아직 채 굳어있지도 않았다.

"아직 체온이 남아있어. 길어야 5분 정도. 그 전에 누군가 왔다간 모양이야."

"네."

"흠…."

대혁은 턱을 만지작 거리면서 시체앞에 쭈그려 앉았다.

하나는 자기가 당한지도 모르게 당한 것이 분명하다.

저항의 흔적도 없고, 목의 절반가량이 잘려 덜렁거린다.

기습으로 목을 반절이상 잘라낸것이리라.

대혁은 다른 쪽을 보았다. 곱상한 얼굴. 이 자의 몸은 저항한 흔적이 가득 넘친다.

그래도 일방적으로 당한것은 마찬가지인 모양이었다.

"……누굴까?"

대혁이 혼잣말처럼 물었다. 페르낭 그라비는 팔짱을 끼고 내려다보다가 대답했다.

"글쎄요. 그건 저도 모르겠네요."

레드스콜피온은, 최근 성장하고 있는 블랙헌터긴 하지만, 이 정도의 조직은 뉴욕에만 대여섯개가 더 있다.

이런 녀석들을 신경쓸 여력은 '팬텀' 에 모조리 집중되어 있다.

"일단 뒷수습을 할 헌터들을 부르겠습니다."

페르낭 그라비는 스마트폰을 꺼내들었다.

"후우."

대혁은 한숨을 뱉었다. 앰플스톤을 찾아 앰플스톤만 있다면 어쩌면 비교적 적은 양의 마나스톤만으로 준비하고 있는 새로운 골렘을 가동시킬 수 있을거라고 생각한다.

앰플스톤의 존재는 대혁 역시 처음부터 염두에 두고 있었다.

처음엔 앰플스톤도 함께 찾으려고 했지만, 찾을 수가 없었다.

노바틱행성에선 앰플스톤의 존재가 비교적 흔하다.

하지만, 지구에선 기묘하게도 그 존재자체가 없었다.

그래서 아예 대용량의 마나스톤을 찾는 일에만 몰두했다.

하지만 앰플스톤을 구할 수 있다면 이야기가 달라진다.

"하는 수 없지."

대혁은 아이템 슬롯에서 캡슐을 하나 꺼냈다. 심연처럼 깊은 어둠을 품고있는 캡슐이었다.

뚝.

대혁은 검지와 엄지손가락에 힘을 줘 캡슐을 부러뜨렸다.

슈우우우.

캡슐에서 검은 연기같은 기운이 빠져나가 눈 앞의 시체, 에이던의 콧속으로 스며들어갔다.

"……."

대혁이 깨뜨린 캡슐의 정체는 바로 사령을 위한 캡슐이었다.

대혁은 애초에 사령술에 대한 조예가 깊지 않다.

그래서 커스텀 골렘을 만들기 위해선, 사령술사의 도움이 필요하다.

이를테면 파모라같은.

하지만 파모라는 지금 다른 곳에 있다.

하여 파모라가 만들어준 것이 바로 이 캡슐이다.

죽은 사체의 영혼을 불러들이는 사령술이 내장되어 있는 캡슐.

대혁은 연이어 투명한 돌멩이를 꺼내놓았다. 바로 소울 코어.

커스텀 골렘을 만들기 전에, 꼭 필요한 절차다.

검은연기는 에이던의 몸을 한 바퀴 휘감고, 다시 코로 흘러나왔다.

그리고 소울 코어에 흡수되기 시작했다.

약 30초 정도가 흐르자 검은 연기가 모조리 소울 코어에 흡수됐다.

"소울코어는 만들어졌고."

대혁은 아이템 슬롯에서 성인 남성 손바닥 두 개를 합친 것만한 인형을 꺼냈다. 그리고 작은 마나스톤을 꺼냈다.

대혁이 소울코어, 마나스톤과 인형을 이리저리 조합하기 시작했다.

그리고 잠시 후, 자그마한 골렘 하나가 만들어졌다.

에이던의 영혼으로 만들어낸 커스텀 골렘.

"…이게 뭐죠?"

어느새 전화를 끊은건지 페르낭이 다가와 물었다.

"골렘."

"골렘이란 말입니까?"

"그래. 이 놈에게 물어볼게 있어서 말이지"

"나의 권속아. 눈을 떠라."

대혁의 말에 골렘이 눈을 떴다.

"헉!"

녀석은 눈을 뜨자마자 주위를 둘러보고, 자신의 몸을 내려봤다. 그리고 이 사실이 믿기지 않는지 연신 눈을 꿈벅였다.

"이, 이게 무슨 상황이지?"

"자세한 설명은 생략한다."

"……."

"간단하게 물어볼 것이 있다."

대혁이 물어볼 것은 한가지였다. 바로 앰플스톤의 출처. 구태여 이 녀석을 골렘으로 되살린것도 앰플스톤의 행방을 묻기 위해서다.

"앰플스톤."

"애… 앰플스톤?"

"그래. 마력을 증폭시켜주는 도구 말이다."

"아."

"그게 어디서 났지?"

"그… 그건…."

녀석은 머뭇거렸다. 하지만 대답을 하지 않거나, 거짓을 고하는 일은 있을 수 없었다. 대혁이 되살려낸 골렘은, 대혁의 명을 거절하는 것이 불가능하다.

"패… 팬텀."

"팬텀?"

"그래. 팬텀! 북미 최대의 조직. 놈들이… 공급해줬다."

"팬텀이 너희에게 물자를 공급해줘? 그게 무슨 소리지?

왜? 그들이 무슨 이익을 위해서?"

"나도 잘 몰라! 하여간 그들이 어느날 우리에게 접촉해서 지원을 시작했어."

"……너희 레드스콜피온에게만 말인가?"

"그건… 아냐. 하지만 우린 놈들의 지원으로 크게 성장할 수 있었어."

"그렇군."

"그, 그런데…."

"그런데?"

"나를 죽인 것도 팬텀에서 나온 년이다!"

"……그게 무슨 소리지?"

"나도 자세히는 몰라."

"더 할말은 없나?"

"그 년. 나를 죽인 그 년! 그년을 죽이고 싶어! 어떻게든 복수하고 싶어!"

"…그건 내세에서나 어떻게 해 봐. 내가 신경써줄 문제는 아니니까."

대혁이 작은 골렘의 머리위에 손을 얹었다.

골렘의 몸을 이루고 있던 물질이 녹아내렸다. 그 안에 있던 소울코어와, 마나스톤만을 챙긴 대혁이 뒤를 돌아보았다.

"작은 영화라도 본 기분이군요."

페르낭이 말했다. 그는 대혁이 하는 양을 모두 지켜보고 있었다.

"그게… 그러니까, 저 레드스콜피온으로 만들어낸 골렘이었던 건가요?"

"맞아."

"생각도 못했습니다. 그런 게 가능하군요."

"……이제 어떡할 셈이지?"

"글쎄요. 일단 이 녀석들을 인수인계 해야겠지요."

"나는 먼저 가도 될까?"

"또 가실 곳이 있습니까?"

"돌아가서… 준비해야 할 게 있다."

"제가 들은 대로라면 혹시, 팬텀을 쫓으시려는 겁니까?"

"맞아."

"……."

페르낭은 말을 아꼈다. 페르낭 역시 최강의 헌터로 평가받는 능력자다. 하지만 그런 그라도 단독으로 팬텀을 쫓으려는 생각은 못한다.

혹여 협회에서 명을 내려도 항거할 수밖에 없다.

그건 죽으라는 얘기밖에 되지 않으니까.

"혼자선 위험합니다."

페르낭이 솔직하게 말했다. 우대혁이 전혀 관련없는 사람이라면 가건 말건 신경도 쓰지 않았을 터였다. 하지만 동생의 목숨을 구해준 전력이 있는 사내다.

"딱히."

"아뇨. 레버넌트를 단독으로 잡으셨기 때문에, 팬텀도 그게 가능하다고 생각하면 오산이예요. 팬텀은 레버넌트의 전력보다 적어도 두 배이상 강합니다."

"…그래? 그거 재밌겠군."

"…재밌겠다구요?"

"나도 그때보다 두 배 이상 강해졌거든."

페르낭은 이 우대혁이란 남자의 자신감에 잠시 할 말을 잃었다.

레버넌트 궤멸이후 시간이 얼마나 지났다고 벌써 두 배 이상 강해졌다는 말인가?

그것이 거짓이든 진실이든 상관 없다.

다만 그의 의지는 페르낭이 몇 마디 보탠다고 흔들릴것 같아 보이지 않았다.

"그러면… 조금의 말미를 주시겠습니까?"

"시간을?"

"예."

"왜지?"

"동생의 은인을 사지로 몰아넣는데 마냥 방조하고 싶은 마음은 없습니다."

"그래서?"

"제가 잘 아는 지인을 한 명 붙여드리겠습니다."

◆

지중해 연안에 자리 잡은 터키의 휴양도시 안탈리아. 평소대로라면 관광지 특유의 여유와 관광객들의 웃음이 끊이지 않는 도시여야 했다.

하지만 지금은 달랐다.

"시민은 도두 대피 시켰지?"

"경고방송도 했고 에이전트들이 군경과 힘을 합쳐 혹시 남아 있을지 모를 시민들을 찾아 하나씩 대피시키고 있습니다."

"차질 없이 해야 해. 시민의 안전을 최우선으로."

"예."

날선 분위기 속에 터키 정부 소속 헌터 세르베트 체틴이 휘하의 믿음직한 헌터 이브라힘 카슈에게 몇 가지 지시사항을 내리고 상황을 묻고 있었다.

"에디르네에선 아직 연락이 없나?"

"긴급대책회의를 소집했다고 합니다. 아마 회의가 끝나고 에디르네 소속 헌터가 출동하려면 한 시간은 걸리지 않을지…."

에디르네는 터기 최강의 전력을 자랑하는 헌터길드였다. 하지만 헌터길드라함은 사적인 집단이니 만큼, 피해를 감수하고 크라켄을 진압하기 위해 길드의 정예를 파견할 용단을 쉽게 내리지 못하고 있는 것이었다.

자신의 잇속만 챙기는 최강길드의 허명에 체틴은 이를 부득 갈았다.

"빌어먹을! 한 시간이라고? 죽으라는 소리나 다름없군."

"……."

체틴이 신경질적으로 소리 질렀다. 카슈는 그 한시간도 일이 속전속결로 진행 됐을 때나 가능한 것이라는 말은 하지 않았다.

체틴의 말대로였다. 터키의 다양한 길드 소속 헌터들이 속속 모여들고 있다지만 콘얄트 해변쪽으로 상륙한 거대한 괴물에겐 미력했다. 괴물이 육지에 가까워지며 일어난 해일만으로도 비잔틴, 오스만, 이탈리아의 공격으로 수난을 겪어왔던 이 해양도시 위기의 역사를 갱신할만한 고난이었다.

무럭무럭 자라나는 죽음이라는 이름. 어쩌면 이번 작전엔 목숨을 걸어야 할지도 모른다.

3티어 던전에서 던전 브레이크가 일어나며, 해상에 현신한 몬스터 크라켄. 거대한 문어형상을 한 괴물이 안락했던 휴양도시에 재앙을 이끌고 왔다.

본격적인 공격은 시작하지도 않았다. 체틴은 멀리보이는 거대한 동체를 보며 침을 꿀꺽 삼켰다.

"카르탈, 카플란, 아슬란 세 조를 투입한다. 더 이상 도시에 가까이 다가가게 해선 안 돼. 도시를 지킨다."

각기 독수리, 호랑이, 사자라는 뜻 을 가진 정예 헌터 팀. 전장에서 누구보다 용맹한 헌터들이었고 지금껏 함께 생사고락을 헤쳐온 이들에게도 AA급의 몬스터는 미지의 영역이었고 힘에 부친 도전이었다.

카슈가 비장한 표정으로 고개를 끄덕였다.

"예, 전달하겠습니다."

카르탈, 카플란, 아슬란.

세 헌터팀은 언제든지 뛰어들 수 있도록 이미 몸을 달구고 있었다. 하지만 막상 명령이 떨어지자 긴장이 되는 건 어쩔 수 없었다.

"나 떨고 있냐?"

카르탈의 팀장 이스마일 쾨이바시가 웃으며 말했다. 다른 팀원들의 긴장을 풀어주기 위한 말이란 건 모두가 알았다.

"아아, 그 정도 진동이라면 오늘 밤은 도구 없이도 오르가즘을 느낄 수 있겠어. 물론 살아남는다면 말이지."

육감적인 몸매를 가지고 있는 아슬란의 나잔 키릴미스가 응수했다.

그녀는 쾨이바시의 연인이기도 했다.

"하하하!"

키릴미스의 야한 조크에 모두가 동시에 파안대소를 했다.

"오늘 저녁은 미슐랭 별이 세 개나 달린 레스토랑에 한 달 전부터 예약해뒀다고. 나는 밥을 먹기위해서라도 살아야겠어. 그리고 키릴미스 너도."

쾨이바시가 키릴미스의 손등에 입을 맞추며 말했다.

"뭐, 듬직하네."

키릴미스가 어깨를 으쓱했다.

"자 농담은 여기까지. 출동 할 시간이다."

카플란의 팀장 윈데르 투라지가 말했다. 이 자리에 있는 헌터들의 표정이 순식간에 진지해졌다.

"라져."

순간 분위기가 달라졌다. 진지한 얼굴로 바늘처럼 정돈되고 촘촘한 예기를 내뿜는 그들의 면면은 과연 일국의 정예헌터다웠다.

"가자."

15분 후.

카슈는 어딘가로부터 연락을 받았다. 통화내용이 진행될수록 그의 표정이 굳어졌다. 통화를 끝낸 그가 체틴에게 보고했다.

"…전멸 당했다고 합니다."

"……."

체틴은 눈을 감고 용맹한 전사들의 죽음을 애도했다.

'알라가 그들의 영혼을 굽어 살피길.'

체틴이 눈을 떴다.

"크라켄의 피해는…?"

"극히 경미… 이동속도도 전혀 줄어들지 않았습니다."

체틴은 깊은 한숨을 내쉬었다.

"정말 방법이 없단 말인가?"

헌터 협회 소속된 최상위 헌터들이라면 크라켄을 막을 수 있을것이다. 에디르네의 길드원들도 그렇다. 하지만 그들만 마냥 기다리고 있기엔 크라켄의 이동속도가 너무 빨랐다. 도시 전체가 붕괴될지도 모를일이었다. 암담했다. 풀 수 없는 문제를 풀어야만 하는 딜레마가 체틴의 눈앞에 놓여있었다.

그때였다.

투투투투투!

프로펠러가 돌아가는 소리가 요란하게 들려왔다. 한 번도 본적 없는 디자인의 새까만 스텔스 헬기가 상공에 멈춰섰다.

"뭐지?"

"저도 모르겠습니다. 연락 받은 게 없습니다."

난데없는 헬리곱터의 등장에 두 헌터가 당황하고 있을 때 수십미터위에 있는 헬리곱터로부터 인간 한명이 뛰어내렸다. 헬리곱터 밖으로 몸을 던진 남자는 중력의 영향을 받아 당연하게도 수직낙하했다.

콰앙!

보도블럭이 깨져서 파편이 튀었지만 남자는 아무런 이상도 없는지 어깨를 한 번 툭툭 털더니 체틴에게로 다가왔다.

동양인 남자였다.

"Are you commander of this place?"

그가 영어로 물었다. 체틴은 당황할 겨를도 없이 물어오는 그의 질문에 고개를 끄덕였다.

"당신은…?"

"내 정체가 알려지면 피곤한 일들이 많으니 이렇게만 얘기해두지. 상황을 정리하러온 해결사."

"……."

체틴이 뭐라고 말하려고 입을 열었을 때였다. 동양인 남자가 가볍게 손가락을 튕겼다. 중지와 엄지를 이용해서, 따악!

경쾌한 소리였다. 그리고….

콰아아아아앙—!

저 멀리서부터 거대한 폭음이 터졌다.

체틴은 화들짝 놀라 남자의 너머 소리가 들려온 쪽으로 급하게 시선을 옮겼다. 크라켄이 있던 방향.

어떤 변화가 일어난 것인가. 상황을 확인한 체틴의 동공이 급격히 커졌다.

크라켄의 다리 한쪽이 몸통으로부터 분리돼서 허공을 날다가 바닷속에 철퍽! 떨어지는 것이 아닌가. 거대한 부피의 다리가 수중으로 침하하자 수면이 거세게 요동쳤다.

체틴의 눈이 믿을 수 없다는 듯 동양인 남자에게 다시 돌아왔다.

남자는 웃고 있었다.

스물스물, 히죽히죽.

그의 입꼬리가 올라가 있었다. 그의 검은 눈동자가 어때?

괜찮아? 라고 물어오는 듯했다. 풀 수 없다고 생각했던 난제를 너무도 쉽게 풀어낼 공식을 가지고 있다고 말하는 것 같았다.

그리고 증명이라도 하듯이 다시 한 번 손가락을 튕겼다, 따악!

콰광, 콰아아아아앙-!

이번엔 크라켄의 다리 두 쪽이 산산조각 나서 비산했다. 다리의 편린이 후두두두둑. 육편의 소나기가 되어 바다 위로 떨어졌다.

좌표형 타겟팅 능력. 그것도 이 거리에서. 이런 가공할 위력.

"뉴, 뉴클리어?"

그제야 체틴은 남자의 정체를 알아차렸다. 모를 리가 없었다. 헌터인 체틴이 모를 수가 없다. 이 신비로운 검은 동양인 남자를.

현재 전 세계 최강의 헌터중 하나로 거론되고 있는 코드네임 뉴클리어.

그게 남자의 정체였다.

"쉿! 나는 그냥 해결사라니까."

남자가 장난스럽게 웃으며 대답했다.

체틴은 침을 꼴깍 삼켰다. 자신의 판단이 틀리지 않았다면, 그가 정말 정식분류상은 존재하지 않지만, SS급 헌터로 분류되는 신화적인 헌터 뉴클리어라면 현 상황을 타개

할 수 있다.

"미… 미스터 뉴클리어. 당신은 터키를 구하기 위해 와 준 건가?"

체틴은 그답지 않게 목소리를 가늘게 떨어가며 물었다. 뉴클리어는 베일에 싸인 남자다. 나이, 국적, 이름. 모든 게 감춰져 있다.

어느 길드 소속인지, 아니면 국가소속인지, 헌터협회소속인지도 알려져 있지 않다.

그저 이런 것이다. 그는 어디든 나타난다.

상하이에서 블랙헌터들이 난동을 부렸을 때, 시카고에서 던전브레이크가 일어났을때, 리우데자네이루에서 오크 군단이 나타났을 때, 코펜하겐에서 부두술사들이 나타났을 때.

그는 현장에 나타나 그의 트레이드 마크인 좌표식 타케팅 폭파 능력으로 그 모든 '인류의 적'을 말소시켜버렸다.

체틴이 손가락을 들어 올려 크라켄의 거대한 동체를 가리켰다. 어떤 방법으로도 막을 수 없을 것 같던 크라켄의 움직임이 눈에 띄게 느려져 있었다.

"크라켄을 막아준다면 터키 정부차원에서의 감사 표명이 있을 것이오. 터키 정부뿐만 아니라 안탈리아의 100만 시민과 이곳을 방문한 관광객들 또한 당신에게 깊은 신뢰와 감사한 마음을 품겠지. 난 당신의 영웅적 행동을 단 1%의 가감도 없이 그대로 매스컴에 발표하겠소. 터키의 친구가 되어주시오."

"하, 참내. 낯간지러워서."

자신의 어깨를 양손으로 부여잡고 부르르 떨었다.

"이봐. 당신네 나라가 두 쪽이 나고 이 도시가 네 쪽이 나도 나는 상관없어. 난 그냥 즐기기 위해 온 거야. 내 인생의 유일하다고 할 수 있는 취미가 몬스터를 잡아 죽이는 거거든… 아 음악감상도."

진지한 체틴과는 달리 남자는 시종일관 유들거렸다.

"여기 더 있다가는 닭이 되어 버릴지 몰라."

남자는 자신의 왼팔 소매를 걷어 올렸다.

"이 오소소하게 돋은 닭살 좀 봐! 벌써 왼팔은 닭이 되어 버렸잖아."

남자가 자신의 왼팔을 쓰다듬으며 말했다.

"더 이상 오글거리기 전에 저 타코야끼 녀석을 절단 내고 자리를 떠야겠군."

남자는 손바닥을 펼쳐 크라켄을 겨냥했다. 왼팔로 오른 손목을 붙잡고 지지했다.

비-비-비-비-비

어디선가 방범경보음이라도 울리는듯했다.

비비비비비빅-

소리는 점차 커지고 짧은 주기로 같은 소리를 뱉어냈다. 그리고 잠시후 체틴은 지구가 무너지는 소리를 들었다.

쿠콰콰카카가가가가강!

고막을 태워버릴 것 같은 굉음에 양귀를 붙잡고 고통스

러워하는 체틴에게 남자의 목소리가 들렸다.

"끝났어. 또 보진 말자고."

남자는 가뿐하게 헬기를 향해 뛰어 올랐다. 폭파능력뿐만 아니라 신체능력도 보통은 아득히 뛰어넘는지 가볍게 발을 구른 것만으로도 헬기가 있는 상공으로 치솟았다.

"가자."

남자가 말했다. 조종석에 앉아있던 헬기의 파일럿은 고개를 끄덕이고 헬기를 움직이기 시작했다.

남자는 헬기의 뒷좌석 퍼질러져 주머니에서 핸드폰을 꺼냈다.

위성으로 정보를 수신하는 그의 폰은 지구 어느나라를 가도 막힘없이 작동한다.

"흠~ 흠~."

그는 콧노래를 흥얼거리며 폰에 남긴 부재중 메시지를 확인했다. 방금전까지 3티어 던전의 보스 몬스터를 처리했던 남자라곤 상상할 수도 없게 신색이 평온했다.

그 중 남자의 시선을 잡아끄는 문자가 있었다.

–김! 오랜만이다.

"오."

웬일이래? 라는 표정으로 남자는 문자의 내용을 읽어내려갔다.

문자를 다 읽은 남자가 홀로 고개를 끄덕이곤 조종사를 향해 말했다.

"행선지를 좀 바꿔줘."

"어디로 갈까요?"

"뉴욕!"

◆

뉴욕 헌터협회 중앙지부.

협회 부회장인 페르낭은 방금 결재를 마친 서류를 테이블 옆으로 밀었다.

"조사해봤나요?"

"예."

페르낭의 비서 줄리언이 각대봉투를 페르낭의 테이블 위에 올려놓았다.

페르낭은 봉투를 열어 안에 있는 인쇄물과 사진들을 꺼냈다.

"우선 놈에게 당한 헌터들의 신상을 상세히 조사해보았습니다."

"……."

"공통점이 있더군요."

"공통점이요?"

"예. 그들 모두 최일선에서 블랙헌터를 상대하던 헌터들이라는 사실은 알고계시겠죠?"

"예."

"한발자국 더 나아가서 그들 모두 '미식회' 의 사건과 관련이 있더군요."

"…미식회."

페르낭의 표정이 사뭇 진지해졌다. '미식회' 5년전 뉴욕 전역을 떠들썩하게 만들었던 사건이다.

미식회란 블랙헌터들이 암암리에 모여 '인육'을 즐겨 행하던 사건을 말한다.

그들은 일종의 사이비 종교집단 같았다. 인육을 섭취하는 일을 '신의 사역' 이라고 일컫는가 하면 인육을 섭취함으로 몸안의 부정한 것들을 씻어내고, 새롭고 강맹한 힘을 얻을 수 있다는 것이었다.

"5년 전 미식회 사건에 관련된 헌터들. 그 때 현장에 출동했던 헌터들입니다. 모두."

"그럴수가."

"지금은 소속이 뿔뿔이 흩어져 있었지만, 그때는 모두 한 팀이었죠."

"……그럼 아직도 피해자가 더 늘어날 수도 있는 상황인 건가요?"

"그 당시 총 세팀. 팀 당 열 명의 헌터들이 미식회 토벌에 참여했습니다. 지금 피해자가 9명. 앞으로 21명의 목숨이 더 위험할지도 모르는 문제죠."

"이건 저 혼자 판단할 일이 아닌것같군요. 더 자세한 자료가 필요합니다."

"네. 알겠습니다."

줄리언이 고개를 끄덕이고 나갔다.

페르낭 그라비는 검지손가락으로 테이블을 툭.툭. 일정한 속도로 두드리면서 생각에 잠겼다.

"누가 어떤 목적으로 이제와서 그들을 죽이는 걸까?"

페르낭은 '미식회 '의 실질적인 '회주 '를 떠올렸다.

최초의 블랙헌터.

'포식자.'

글러트니.

천 명 이상의 헌터를 죽이고, 그 수배에 달하는 일반인을 죽인 미주대륙 사상 최악의 변태 살인마.

미치광이 연쇄살인범이자 압도적일정도로 무시무시한 능력자.

그리고… 지금은 블랙헌터 수용소 '밴프라이즌 ' 최하층에 감금되어 삼엄한 감시를 받고 있는 남자.

"그와도 연관이 있는걸까?"

없다고는 단언못한다.

미식회와 관련이 있다는 얘기가 나온 이상, 오히려 그와 연관되어 있다는게 더 자연스럽다.

"점점 더 곤란해지는군."

어쩌면 조만간에 큰 사건이 하나 벌어질지도 모른다는 생각이 드는 페르낭이었다.

◆

똑똑.

대혁의 호텔방을 누군가 두드렸다.

룸서비스가 아닌 이상, 다른 누군가가 호텔로 찾아오는 일이란게 그리 흔한일은 아니다.

집도 아니고.

대혁은 룸서비스를 시킨적이 없으니까 이번에 노크를 한 사람은 그 다른 '누군가'일 것이다.

초대받지 않은, 혹은 초대받은 손님.

아마 대혁의 추측대로라면 이번 손님은 대혁이 아닌, 페르낭 그라비가 대신 초대한 손님일 것이다.

페르낭 그라비는 당장이라도 팬텀을 찾아가려는 대혁을 뜯어 말렸고, 그에게 믿음직한 원군을 지원해준다고 했다.

아마도 그일 거라고, 대혁은 생각했다.

철컥.

대혁이 말없이 문고리를 잡아 돌렸다.

문 밖에 대혁과 같은 검은 머리의 동양인 남자가 서 있었다.

헤드폰을 푹 눌러쓰고, 눈썹은 다듬었는지 짙고 얄쌍하다.

귓볼과 귓날개에 커다란 피어싱을 몇개나 주렁주렁 달고 있었고, 눈 위에도 피어싱을하고 있었다.

한 눈에 보아도 상당히 반항적인, 혹은 '날라리' 같아 보이는 남자다.

"당신이 우대혁?"

"맞다만…."

"제대로 찾아왔네!"

남자는 승낙도 받지 않고 멋대로 대혁을 지나쳐 방으로 들어왔다.

"으~ 남자 냄새."

"……."

"반가워! 나에 대한 얘기는 들었어?"

"대충은. 믿을만한 원군이라고 표현하더군."

"흠. 그렇다면 정확한 표현이네! 그대로도 나를 완벽하게 표현할 수있는 문장이지만, 그래도 이름은 알아야할테니까… 난 김! 김이라고 불러줘."

나사가 약간 풀린듯한 미소를 짓고 김이 말했다.

"김? 성이 김인 건가? 아니면 이름?"

대혁이 반문했다. 그러고 보니 이 김이라는 녀석은, 동양인이다. 동양인에 김씨성이라면….

"음. 그건 좋을 대로 생각해. 그냥 김이라는 호칭만 알고 있으면 돼!"

"비밀이라…."

대혁도 안으로 걸어들어와 의자에 앉았다. 김은 자신의 짐을 실어놓은 캐리어를 아무렇게나 내팽개쳤다.

대혁은 김의 면면을 자세히 살폈다.

동양인이 서양인의 외모만을 보고 어느 나라인지 구별하는 것은 힘들지만, 서양인은 대충 구별이 가능하다.

그것과 마찬가지로 한, 중, 일 삼국의 사람들 역시 외모적으로 상대가 어느나라 출신인지 어느정도 구별이 가능하다.

대혁이 봤을 때, 김의 외모적인 특성은 한국에 가까웠다.

'한국에 저런 실력자가 또 있었나?'

대혁은 한국최강이라는 스페셜리스트 정세건을 떠올렸다. 공공연히 한국 최강이라 칭송받는 정세건. 대혁이 봤을 때도, 그가 보여주는 기세는 여타의 헌터보다 월등했다.

하지만.

지금 눈 앞의 남자.

이 껄렁거리며 한 없이 불량스러운 남자보다는 아래다.

김이라는 남자는 외양만 보면 결코 그렇게 강해보이지 않는다.

그러나 대혁의 눈엔 읽혔다. 이 자가 정세건보다 위다.

물론 정세건이 싸우는 것을 한 번도 지켜본적은 없다. 하지만 대혁은 사선을 넘나드며 수많은 강자, 수많은 전투를 치러왔다.

그런 대혁의 감은 다른 어떤 수치보다도 믿을만한 것이었다.

한국적 성씨를 가진, 한국 최강의 헌터보다 강한 능력자.

"그래. 출신을 밝히기 싫은거라면 중언해 물을 필요는 없겠지."

"알아주니 고마워. 가깝고도 먼 이웃? 정도로만 알아달라고."

"……페르낭 그라비는 만나고 왔나?"

"음? 응, 아니. 내가 여기저기 왔다갔다 하는 걸 좋아하긴 하지만, 페르낭 그 녀석이랑 같이 있으면 기가 빨리는 것 같아서 말이지. 뭐 실제로 능력이 그런쪽이기도 하지만."

"……."

"그래도 페르낭에게는 확실히 부탁받았어! 너… 팬텀을 칠 생각이라며?"

"그렇다."

"정말 대단한 깡이야. 나조차도 혼자 팬텀을 건드릴 생각은 하지 못하는데."

"뭐. 생각하기 나름이겠지."

"그러고 보니 요즘 너 같은 별종이 하나 더 팬텀을 들쑤시고 다닌다고 하던데…."

"그게 누구지?"

"이름이 규토였나."

"…규토."

대혁이 그 이름을 조용히 되뇌자 김이 약간 놀란 표정을 지었다.

"그를 알아?"

"…그렇다."

"어떻게?"

"내 오래된 친우… 정도로 얘기해 두지."

"헐~. 역시 초록은 동색이라더니, 팬텀을 치려는 두 별종이 아는 사이였구나. 정말 재밌는데? 열일 다 미뤄두고 여길 찾아온 보람이 있어 크크."

대혁은 어깨를 으쓱했다. 김이 초콜릿을 꺼내 먹으며 말했다.

"그런데, 팬텀은 생각처럼 녹록한 놈들이 아냐. 놈들 전체를 잡는다는 건 말이 안되고… 간부 위주로 족쳐야 할텐데."

"안 그래도 그렇게 생각하고 있었다."

"그런데, 놈들의 위치는 알아?"

"…그건 이제부터 찾아봐야지."

대혁의 말에 김이 자신만만하게 웃었다.

"그럼 여기서부터 벌써 내 존재의의가 빛을 발하는구만! 가자! 팬텀의 위치를 찾느라 고생하지 않아도 한 번에 알아낼 수 있는 방법이 있어!"

◆

대혁은 밤까지 기다렸다. 호텔 근처 가게에서 스시와 라멘으로 식사를 때우며 김이 자신만만하게 한 말 때문이었다.

"밤에만 열리는 곳이란 말이지. 원래 프라이빗 한 장소는 그래. 시간에도 뜸을 들이는 법이라고!"

김은 마약이라도 한 것처럼 항상 들 떠 있다…라고 대혁은 생각했다. 대혁과는 정 반대의 성향이었지만 그리 나쁘게 보이진 않았다.

"됐다. 시간이야."

김은 대혁을 끌고 호텔을 나섰다. 밤의 뉴욕은 휘황한 조명들로 낮보다 훤했다.

갖가지 조명을 뒤로하고 김은 앞서 걸었다.

"걸어서 갈 수 있는 거린가?"

"아마 우리 둘이라면?"

김은 비교적 으슥한곳을 찾아 걸어갔다. 대혁은 그 뒤를 묵묵히 따랐다. 어째 점점 외진곳으로 들어간다고 생각하고 있을때 김이 뒤돌아섰다.

"이제 부터는 좀 뛰어야 해. 따라올 수 있지?"

"네가 할 일은 안내만 제대로 하면 된다는 거야."

"그럼."

김은 서 있던 자세 그대로 다리를 살짝 구부렸다가 폈다.

슈우욱.

그의 몸이 바람을 가르며, 5층정도 되는 건물 위로 도약했다. 건물 옥상 난간에 터덕 내려앉은 김이 대혁을 내려보며 소리쳤다.

"놓치지 말라고!"

그리고는 훅, 신형이 꺼지듯 사라졌다. 대혁이 피식 웃었다.

"시험이라도 하겠다는 건가? 내가 팬텀을 상대할 능력이 되는지?"

대혁은 기꺼이 응해주기로 했다. 대혁의 몸이 새처럼 날아올랐다.

◆

"기본체력은… 헉… 쓸만한것 같은데… 헥헥…."

김이 숨을 거칠게 몰아쉬며 말했다. 얼굴에 송골 송골 땀방울이 맺혀 흐른다. 김은 손등으로 대충 땀을 닦아냈다.

반면 대혁은 김보다는 훨씬 평온한 신색이었다.

"너는 체력을 좀 길러야겠군."

"헥헥… 오래간만에 뛰었더니. 담배를 좀 끊어야겠어."

"흡연을 하나?"

"아니."

"……."

김은 저차원의 저질개그를 두꺼운낯짝으로 던져댔다.

"그럼 가보자고."

대혁과 김이 도착한 장소는 타임스퀘어였다. 뉴욕에서도 가장 발전한 다운타운, 아니 전 지구에서 가장 발달한 도심지가 목적지였던것이다.

"이런곳에 네가 말한 '장소'가 있는 건가? 일반인들이 축제를 즐기기 위한 곳이라고 밖에는 안보이는데."

"대체로 그렇게들 보는 게 사실이야. 근데 말이야 이런 말도 있잖아? 등잔 밑이 어둡다."

김은 많은 인파를 지나, 한 건물 사이로 들어갔다. 건물과 건물 틈새.

"여기야."

"…이 곳? 아무것도 없는데."

"응. 정확히는 이 아래."

김이 손가락으로 아래를 가르켰다.

대혁의 눈이 김의 손가락을 따라 아래로 떨어진다.

맨홀뚜껑.

"이 밑에?"

"응."

김이 맨홀 뚜껑에 손을 얹었다. 대혁은 김이 맨홀뚜껑에 마나를 주입하고 있다는 걸 알아챘다.

잠시 후 김이 눈을 떴다.

"마나는 일종의 '키'야."

"키?"

"아무나 들락날락거리게 할 순 없잖아. 맨홀뚜겅만 열 수 있다고 가능하면 벌써 이 곳에 대한 정보는 세상천지에 다 까발려졌을 게 뻔하니까."

"그렇군."

"내부엔 공간계열마법이 걸려있어. 그냥 맨홀뚜껑을 열면 지하도나 나오겠지만, 이렇게 마나를 주입한다음에 열면."

김이 맨홀 뚜껑을 잡고 끙끙댔다.

"하압!"

차력사의 기합과 엉덩이를 뒤로 뺀, 엉거주춤한 자세로 김이 맨홀뚜껑을 열어냈다.

그 안에서, 밝은 빛이 올라온다.

김이 대혁을 보았다.

"신세계가 열리지."

◆

스피어 마스터(spear master).

뉴욕에서 활동하고 있는 헌터중에서도 스피어 마스터라는 이름이 갖는 값어치는 결코 가볍지 않다.

뉴욕헌터협회 소속의 헌터로서 , S등급 헌터로 랭크되어 있고, 수 많은 전장에서 활약해왔다.

하지만 그는 입버릇처럼 말하곤 한다.

"나의 능력은 특별하지 않다."

어쩌면 그의 말이 맞을지도 모른다.

헌터능력자들의 세계에는 특별한 이능을 가진 사람이 무수히 존재한다.

불과 물을 다루는 마법사.

심각한 상처도 눈 깜박할 새에 아물게 하는 성력의 소유자.

사령을 다루는 사령술사들이나, 저주를 거는 흑마법사들.

정령을 다루는 자들…….

그리고 어떤 카테고리에도 넣을 수 없는 개개의 희유한 능력을 가지고 있는 능력자들.

그에 반해 스피어 마스터는 그의 닉네임 그대로 오직 창만을 사용한다.

앞서 언급한 자들에 비하면 창을 이용한 기술이 특별해 봤자 얼마나 특별할까.

그 능력자체는 특별할 게 없다.

무술이나 무기술정도야 차고 넘치는 헌터들이 모두 한 두수씩 익히고 있는 것이니까.

하지만 그의 창이 갖는 강함을 느껴본 사람들은 결코 그가 평범하다고 말하지 못할것이다.

"오늘도 좋구나."

그런 스피어 마스터가 창 한자루를 꺼내놓고 정성스럽게 살피고 있었다. 스피어 마스터는 전투가 없는 시간이면 언제나 이렇게 창을 꺼내놓고, 감상한다.

창자체를 사랑하는 헌터인것이다.

창날은 항상 예리하게 살아있고, 금속으로 이루어진 창대까지도 반들반들했다. 언제나 마른수건으로 창을 손질한 덕에 창은 먼지가 쌓일틈도 없었다.

스피어 마스터는 흑인이다. 그리고 본디 좋디 못한 가정 환경에서 태어났다. 어렸을 때는 범죄에도 많이 휘말렸다. 열두세살. 그 어린 나이에, 돈을 뺏고 폭력만을 갈구했다.

그런 스피어 마스터를 구원한 게 동네에 있는 동양무술 체육관에서 배운 창술이었다.

그 후로, 그는 창술만을 연마해왔고, 마음을 단련했다. 범죄에는 일체 관련되지 않았다. 심신 모두를 수양한 셈이다.

헌터가 된 이후에는 오히려 인류를 위한 삶을 살고 있다.

스피어 마스터는 창을 내려다보았다.

아마 아이템의 가치를 알아보는 사람이라면 경악을 했을지도 모른다.

창을 이루고 있는 은은한 광채의 은빛 철.

가장 단단한 경도를 자랑한다는 금속중 하나인 오리하르콘이다.

오리하르콘은 단순히 단단할분만 아니라, 오러감응력이 좋다. 감응력이 좋다는것은 오러를 입혔을때, 더욱 강해진다는 것이다. 그야말로 헌터를 위해 특화된 무기다.

그러니만큼 오리하르콘은 값진 금속이다.

지금 스피어 마스터가 만지고 있는 창도 그 오리하르콘으로 만든 것이었다.

그 어떤 무기보다도 대단한 가치를 지닐게 분명했다.

수집가들이 보면 군침을 흘릴만한 아이템이었다.

스피어 마스터도 사실 이 오리하르콘제 창을 얻게 된 지 이제 반년이 조금 지났을 뿐이었다.

그 전까지 스피어 마스터에게 창은 하나의 소모품에 지나지 않았다.

애초에 스피어 마스터의 창술을 감당할만한 창이 몇 존재하지 않았을 뿐더러 창이란 것은 본디 한 두번 쓰다보면 무뎌지기 마련.

그래서 스피어 마스터는 창에 집착하지 않았다.

물론 스피어 마스터정도의 남자면 튼튼한 창도 얼마든지 구할 수 있긴 하다.

마법이 걸린 창이라거나 벼락을 뿌리는 등의 이능이 담긴 신병이기.

하지만 스피어 마스터는 그런 창에 미련을 두지 않았다.

창에 의존한다는 것은 스스로의 실력을 갉아먹는 일이라고 생각해왔다.

하지만 이 창은 다르다.

어떤 눈속임이나 마법적인 효과가 걸려있는 것은 아니지만 스피어 마스터가 창술을 유감없이 펼쳐도 견뎌낼 수 있는 창이었다.

그 내구도는 앞으로 백년도 끄떡없을 것이며 굳이 날을 갈아 세우지 않아도 창날은 떨어지는 나뭇잎도 반으로 갈라놓을 만큼 예리했다.

한참 애정이 뚝뚝 떨어지는 눈으로 창을 감상하던 스피

어 마스터의 표정이 일순 굳어졌다.

그의 양손이 창대를 붙든다.

자연스러운 동작.

"누구냐."

스피어 마스터는 고개도 돌리지 않고 그렇게 물었다. 그의 저택은 동양식 구조를 띠고 있었고, 스피어 마스터는 대청마루에 앉아 있는 상태였다.

한밤중이었기 때문에, 마당은 어두컴컴하다. 마루를 밝히고 있는 불은 마당까지 닿지 못했다.

하지만 분명히 기척이 느껴졌다.

"나오지 않겠다면… 하는 수 없지."

스피어 마스터가 창을 들고 자리에서 일어섰다.

"귀가 밝네요. 베테랑이란 건가?"

더 이상 숨을 수 없다고 생각한 것인지, 상대가 나타났다. 달빛을 받아 그녀의 육감적인 몸매가 드러났다. 몸에 착 달라붙는 소재의 검은옷. 그리고 다용도 벨트에 착용하고 있는 갖가지 단검이며, 용도를 알 수 없는 무기들.

"너는…."

그녀의 모습을 확인한 스피어 마스터가 천천히 입을 열었다.

아직도 최일선에서 활동하는 헌터답게 스피어 마스터는 그녀가 누구인지 어렵지 않게 떠올릴 수 있었다.

바로 로드 어쌔신, 혹은 레이디 어쌔신등으로 불리우는

암살의 귀재다.

팬텀은 북미대륙에서 일어나는 수 많은 범죄에 직간접적으로 관여하고 있다.

그리고, 헌터협회를 비롯한 각국의 정부들은 그걸 알면서도 딱히 제지할 방법을 찾지 못하고 있다.

마치 남미의 카르텔이나, 시칠리아 마피아 같은 범죄조직을 상대로 공권력이 쩔쩔맸던것처럼.

팬텀은 능력자들 위주의 조직. 마피아나 카르텔과는 비교도 할 수 없을 정도로 위협적이다.

저 여자, 로드 어쌔신 마고 그란데는 그러한 팬텀의 간부중 하나.

"이 밤에 여긴 웬일… 아니, 좋은 일로 찾아온 것은 아니겠지."

훙-!

스피어 마스터가 창을 길게 뻗어 횡으로 휘둘렀다가, 다시 당겨 쥐었다.

허공을 가른 창대가 부르르르 흥분이라도 하는것처럼 떨었다.

"문답무용… 이라는 걸까요? 역시 중년의 남성은 또 그에 걸맞은 매력이 있네요. 중간과정은 생략하고 바로 하자는거죠?"

스릉.

"흥분 돼. 꼭 만족시켜줘야 해요? 먼저 가지 말고."

마고 그란데가 단검보다는 약간 긴, 검을 뽑아 들고는 말했다.

"걱정할 것 없어. 먼저 보내주도록 하지."

"박력넘쳐."

마고 그란데는 혀로 단검의 날 부분을 핥았다.

"그럼 시작할게요."

스르르르륵.

눈으로 보고 있는데도 그녀의 몸이 천천히 사라진다.사라진다기보단, 어둠 속으로 녹아든다는 표현이 어울릴 듯했다.

어쨌든, 그 기묘한 기술이었다. 부릅뜨고 쳐다보고있었는데도, 자취를 놓쳤으니.

스피어 마스터는 창자루를 쥔 손에 힘을 불어넣고 긴장을 풀지 않았다.

어차피 공격을 위해서는, 공격직전의 순간에 모습을 드러내야 한다.

그의 초인적인 반사신경은 그 짧은 틈을 놓치지 않을 것이다.

"안녕?"

훙!

창 끝이 벼락처럼 움직였다. 스피어 마스터는 귓가에서 들려오는 목소리에 몸을 꺾으며 창을 휘둘렀다.

퍼억!

처마를 떠받치던 목재기둥 하나가 터져나갔다.

하지만, 마고 그란데는 이미 그곳에 없었다.

터턱!

스피어 마스터는 뒤로 몸을 날렸다.

마당 쪽이었다, 좀 더 어둠의 영역이 넓은 곳.

"들어왔네."

다시 그녀의 목소리가 들렸다.

종잡을 수 없는 움직임이라고 스피어 마스터는 생각했다. 하지만 다년간 쌓아온 전투경험은 이런 상황에서도 그에게 침착을 유지할 수 있게했다.

피슥-!

단검이 스피어 마스터의 뺨을 얇게 베고 지나갔다. 스피어 마스터의 창이 다시 섬광이 되어 쏟아져 나갔다.

퍼-엉!

공기가 터졌다. 파공성이 폭발음처럼 울렸다. 마고 그란데는 이미 사라져 있었다.

하지만.

'감촉이 살짝 있었어.'

창날 끝에, 레이디 어쌔신을 타격한 느낌이 확실히 전해졌다. 스피어 마스터는 다시 창을 당겨 채비를 취했다.

점점 공격이 익숙해진다. 이런식으로 전투가 지속되면 자신의 승리가 확실하다고, 그는 생각했다.

그때였다.

"음?"

순간 다리의 힘이 풀렸다. 스피어 마스터는 두어걸음 뒤로 물러났다. 티를 내면 안된다.

'독?'

스피어 마스터는 뺨을 타고 흘러내리는 핏물을 느꼈다. 단검에 독을 발라뒀나?

"독을 발라뒀으면 좀 더 이기기 쉬웠을 텐데. 귀찮아서 그런 짓은 못해놨어."

의문에 대한 답이라도 해주듯이, 로드 어쌔신이 그렇게 말했다.

스피어 마스터는 창을 땅에 박아 넣고, 몸을 지탱했다.

"흥. 나불 나불 그만 떠들고 제대로 붙어보자."

"그런 촌스러운 소리를 하는 거야? 흥이 조금 떨어지네."

"어둠속에만 숨어있지 말고 나와라!"

훙–!훙–!

훙–!

스피어 마스터는 다시 거칠게 창을 휘두르며 공간을 점했다. 창끝이 닿는 5m정도의 거리 안은 초토화가 될만한 창술이다. 빈틈이 없다.

"노옴!"

스피어 마스터가 허공에 창술을 펼치만 닿는 것은 없었다.

"크윽."

"왜 그래? 벌써 지쳤어?"

스피어 마스터는 창을 회수했다.

"……."

스피어 마스터는 이를 악물었다. 무슨 조화인지 계속해서 기력이 떨어지고 있다.

"그럼 슬슬 소개해줄까?"

"뭘… 말이냐?"

"보기보단 둔감하네. 이제 나와도 돼."

마고 그란데의 말에, 어둠 한구석에서 기척이 느껴지기 시작했다. 스피어 마스터는 경계를 늦추지 않고 그 쪽을 보았다.

살집이 비대하게 올라있는, 아이.

남자였고, 나이는 이제 열상전후 정도로 보인다. 그런데 초고도비만 환자처럼 살이 몇겹이나 되어 출렁거렸다.

"누, 누구지?"

"이 쪽은 우리의 작은 귀염둥이 도넛, 존슨."

이제, 마고 그란데도 완전히 모습을 드러냈다. 어둠속에 숨을 필요가 없다고 말하는것처럼 느껴졌다. 그만큼 스피어 마스터는 아무것도 한 것없이 힘이 빠져 있었다.

스피어 마스터가 존슨을 노려보았다.

'저 놈의 수작인가…?'

마고 그란데가 존슨의 머리위에 손을 얹어 놓고 말했다.

"우리 대장이~ 심혈을 기울여서 '만든' 아이야."

"만들었다고?"

"능력은, 포식."

"포……식?"

스피어 마스터는 포식이란 말에 수년 전에 있었던 하나의 사건을 떠올렸다. 포식자. 글러트니.

"뭔가 떠오른 것 같은 표정인데, 맞아."

"뭐가 맞다는 거지?"

"우린 그때의 복수를 하러온 거야."

"복수라니…?"

팬텀이 포식자와 연관이 있단 말인가? 스피어 마스터의 표정이 급속도로 경직되어 갔다.

"잡담은 여기까지."

마고 그란데가 단검 두 개를 꺼내 역수로 잡았다. 그녀가 언제든지 뛰어들어 스피어 마스터의 목숨을 취할 것만같은 일촉즉발의 상황.

"아뇨, 더 들어보도록 하죠."

제 3의 목소리가 끼어들었다. 스피어 마스터, 그리고 마고 그란데의 얼굴이 목소리가 난곳을 향했다. 존슨도 뒤뚱거리는 움직임으로 뒤돌아 보았다.

"안 그래도, 포식자와 관련된 일 때문에 주의를 위해 방문했는데… 하마터면 늦을뻔했군요. 오래간만입니다. 스피어 마스터님."

"오래간만은 개뿔. 며칠 전에도 협회에서 보지 않았나?"

"그건 그렇지요."

젠틀한 웃음을 띠고 나타난 남자는 페르낭 그라비였다.

◆

언더 월드(under world).

김은 이 장소가 그렇게 불리운다고 했다.

대혁은 흥미롭게 김의 뒤를 따르며

단순히 지하도시라기엔 상당히 넓다. 뉴욕한복판 지하에 이런 곳이 있다는 것 자체가 놀라울 뿐이었다.

그리고, 한가지 더 놀라운것은 바로, 이 언더월드의 구성원 대부분이 '인간 '이 아니라는것이다.

아인(亞人).

인간을 닮아 있는 종족이지만, 인간과는 한발자국 거리가 있는 종족. 이를테면 드워프나, 엘프, 수인등이 언더월드의 구성원인 것이었다.

"이 장소를 알고 있는 사람이 얼마나 있지?"

"글쎄? 얼마나 있을 것 같은데?"

"아마 많진 않겠지."

"맞아. 많아야 이 정도?"

김이 손가락 열개를 모두 펴 보였다. 대혁이 미간을 모았다.

"10명?"

"아니."

김이 고개를 저었다.

"…100명?"

"그 열배."

"천명이라."

"생각보다 많지 않지?"

"흠. 그렇군."

뉴욕한복판에 있는 지하도시다. 이런 도시가 비밀을 유지한 채 지켜지고 있다는 사실자체도 놀라웠지만, 그 비밀을 알고 있는 사람의 수가 천명밖에 되지 않는다는것도 놀라웠다.

비밀이란 것이 하나가 알면 일파만파로 퍼져나가야 정상일텐데.

"그렇게 촌놈처럼 티내지는 말고."

김이 말했다. 주위를 계속 두리번 거리면서 걷는 대혁을 향해 하는 말이었다.

그러고 보니, 아인들도 대혁과 김을 동물원 원숭이라도 구경하는 것처럼 보고 있었다.

"아까 말했다시피 언더월드를 드나드는 사람이라고 해봤자 1000명도 안돼. 그들에게 인간이란 낯선존재니까 신기하게 쳐다볼 수 밖에 없는거야.물론 개중엔 바깥세상에 마음대로 돌아다니는 자들도 있긴 하지만."

대혁이 고개를 끄덕였다. 드워프 하나가 보였다. 드베르그가 떠올랐다.

'그자도 이곳의 주민이었나?'

대혁은 다시 김에게 질문을 던졌다.

"이곳은 언제부터 존재했던 거지?"

"그것이 기묘해."

"뭐가?"

"흠. 우리가 던전, 그리고 각성자에 알기도 전부터, 그러니까 온지구가 던전으로 물들어버린 그 시기보다도 더 이전부터 존재했다고 해. 내가 아인에게 들은바로는."

"……."

"우리가 영화에서만 보던 판타지적 요소가 마냥 허구가 아니였단거지. 실은 그 전부터 언더월드의 존재를 알고 있던 자가 힌트를 얻어 만들어낸 걸 수도."

김은 한 건물 앞에서 멈춰섰다. 주변에서도 가장 큰 건물이었다. 언더월드의 다른 건물들이 그렇듯이, 높이는 3층 정도밖에 되지 않았지만, 옆으로 비대하게 몸집을 키운 건물이다.

"자! 다왔어."

"여기인가?"

대혁은 건물의 입구 위에 걸린 현판을 올려보았다. 현판엔 알 수 없는 문자가 필기체로 휘갈겨져 있었다.

"저 언어는 어느 나라 것이지?"

"이 집 주인의 고향문자라던데… 글쎄 그게 어디라더라? 기억이 안나는군."

"그래…."

김과 대혁이 안으로 들어섰다.

내부공간은 알싸한 생강과 계피냄새, 그리고 묘하게 한약향 같은 것도 섞여서 났다.

대혁은 냄새보다도 내부를 구성하고 있는 물건들에 주목했다.

이곳이 뭘 하기 위한 곳인지, 대중잡을 수 없는 물건들이 여기저기 발 디딜틈 없이 빼곡히 쌓여있었다.

하나같이 저마다의 개성을 뽐내는 물건들. 개중엔 골동품 같은 것도 있었고, 최신 전자기기처럼 보이는 것도 있었다. 헌터가 사용할 법한 무기도 있었고, 총같은 현대무기도 전시되어 있다.

그 뿐만이 아니라, 기묘한 식물들, 스낵, 음료, 가재도구 같은 것들… 갖가지 물건들이 모두 다 있었다.

"만물상이라도 되는 건가?"

"비슷해~ 이 곳 주인은 '콜렉터 '라고 불려. 뭐든지 모으는 사람이지. '정보 ' 조차도 말이야."

김이 어슬렁 거리면서 말했다. 대혁이 고개를 끄덕였다. '과연, 그래서 이 곳을 찾은 건가?' 라고 생각했다.

"여기 주인장~ 손님왔어요."

김의 말에 앞쪽, 시야의 사각에서 부스럭 거리는 소리가 났다. 그리고 곧 인영 하나가 나타났다.

매끈한 민머리에, 팔은 여덟개나 달고 있다. 그리고 각

팔마다, 뭘 들고 있었다. 남자는 그 들고 있는것들은 수시로 옮겨 잡으며, 내부를 정리하고 있는걸로 보였다.

그가 빨판같은 입을 열었다.

"아, 손님인가?"

대혁은 그의 외모를 보고 한 마디로 정의할 수 있었다. '문어인간' 이다.

다만 두 다리로 걸어다니고, 발 대신 팔이 여덟개라는것만 문어와 다르지.

문어를 의인화하면 영락없이 저런 모습이 분명할것이라고 생각했다.

노바틱 행성에서도 아인종은 많지만 저런 종은 본 적 없다.

물론 대혁이 모든 아인종을 꿰뚫고 있는것은 아니지만.

대혁이 김의 귓가에 대고 물었다.

"저 자가… 콜렉터?"

김이 대답하기도 전에 문어인간이 먼저 대답했다.

"내 이름은 옥토예요."

옥토, 이름도 참 문어 같은 아인이다.

"제가 콜렉터라면 더할 나위 없겠지만, 저는 아쉽게도 이 가게의 종업원에 불과하죠."

"콜렉터는 어디 계시죠?"

김이 물었다.

옥토는 손에 들고 있던 짐을 모두 내려놓았다. 그리고

8개의 팔을 적극적으로 이용해 불만스러운 제스쳐를 취했다.

"그러게요. 이 가게가 본인 가게 인걸 까먹었나봐요. 지금은 위에서 곯아떨어져 있어요."

옥토는 아줌마같은 표정을 짓고 콜렉터의 뒷담화를 시작했다.

그 노친네가 자신을 노예처럼 부려먹는다느니, 시대가 어느때인데 자신이 왕인줄 안다느니, 노망이 났다느니, 갖은 불만이 다 터져나왔다.

"이 놈!"

옥토의 수다스러운 성토를 멈춘 것은 다름 아닌, 제 3의 목소리였다.

모두의 시선이 소리가 난 곳으로 돌아갔다.

물건이 전시되어 있는 선반, 그 중에 입모양의 악세사리에서 나는 것이었다. 입모양이 움직이며 말을했다.

"고오얀놈. 오갈데 없는 것 주워다가 간신히 사람처럼 만들어놨더니, 은혜를 모르고 웬 흰소리가 그렇게 많느냐!"

"아하하… 깨어계셨나요? 어르신. 제가 잠시 돌았었나봐요. 손님들 올려보낼게요. 잠시만요. 안그래도 손님들이 어르신을 찾고 계셨었거든요."

"그래. 우선 손님양반들이 왔다하니… 네 놈은 손님들 보내고 보자꾸나. 올라오라 일러라."

그 말을 끝으로 입모양 악세사리가 멈췄다. 대혁이 신기한 표정으로, 그 악세사리를 쳐다봤다. 악세사리는 어떤장치나, 마법적인 힘도 엿보이지 않았다.

“3층이거든요? 저 계단 통해서 올라가시면 되요. 문이 하나 바로 보일 거예요. 거기로 들어가세요. 들어가시기 전에 꼭 노크하시구요. 에휴. 괜히 저만 큰일나게 생겼네요.”

“쿡.”

“웃은 거예요?”

“사레가 들려서. 쿡… 쿨럭.”

김은 같잖은 변명을 대며 옥토의 어깨를 툭툭 두드려줬다.

“힘내요.”

“남는 힘은 많은데… 힘이 안나네요.”

계단을 타고 올라가면서 대혁이 중얼거렸다.

“저 문어인간… 옥토라고 했던가? 그렇게 보이지 않아도 상당히 강하군.”

김이 뒤돌아 봤다.

“눈썰미가 상당하네?”

“헌터로 치자면 S급보다도 몇 수위야.”

“맞아. 정확히 읽었어.”

김이 초점을 멀리뒀다. 뭔가 잠시 생각에 빠진 듯 한 그가 다시 입을 열었다.

“아는 사람만 아는 얘긴데, 3~4년 전이었던가? 헌터들이 난장을 피운적이 있어. 언더월드에서. 완전히 미친놈들이었지.”

"난장이라하면?"

"몰라. 술에 꼴은 것인지 아니면 '인종차별'에 적극적인 또라이들이었던 건지. 하여간 온갖 패악질을 부렸다더라고. 그때 꼬맹이 아인 몇 명은 부상을 입고, 말리려던 성인 아인 서넛이 아마 죽었다는 모양이야."

"……."

"A급 상위권 5명에 S급이 한명이었는데, 죽였대."

"…저 문어인간이?"

"응. 혼자서 도륙했대."

"그런 자를 종처럼 부리는 콜렉터가 궁금해지는군."

"나도 콜렉터를 직접 본 건 한 번 뿐이야. 대단한 양반이지."

S급 상위권 헌터를 가볍게 죽인 옥토. 그 옥토를 종처럼 부린다.

그리고 김에게 대단하다는 소리를 듣는 콜렉터의 정체가 새삼 궁금해지는 대혁이었다.

옥토의 말대로 3층을 올라서자마자 문 하나가 보였다. 별다를것없는, 낡은 나무문이었다.

똑똑.

김이 노크를 했다.

"흘흘. 왔는감? 들어들 오시게."

안에서 걸쭉한 노인의 목소리가 들려왔다. 김이 문을 열었다.

끼이익.

기름칠을 안 해 놓은 것인지 경첩마찰음이 울려퍼졌다.

대혁과 김이 한발자국 안으로 들어섰다.

"아, 잠깐만 기다려 보시게. 지금 막판이야."

"……."

대혁은 기대감에 약간 금이 간 것을 느꼈다.

콜렉터는 쇼파앞에 앉아, 비디오게임을 즐기고 있었다.

"아니, 그 옥토놈이 말이지. 내가 잔다고 뭐라고 하는데 내가 얼마나 기분이 나쁘겠어. 멀쩡히 깨어있는데."

그런 문제가 아닌 것 같다고, 대답하려다 대혁은 참아냈다.

"응? 말이야. 나이가 먹으면 잠이 없어진다고. 나이 먹은 것도 서러운데. 아, 거기 의자에 앉아 있으시게."

김과 대혁은 의자에 앉았다.

곧 TV속 캐릭터가, 적군에게 허무하게 죽어나자빠지는 것을 보았다.

화면에 GAME OVER 라는 문구가 떠올랐다.

"이런, 씨벌!"

콜렉터가 컨트롤러를 바닥에 집어 던졌다.

"……."

잠시 정적이 흐르고.

콜렉터는 방에 손님이 와있다는걸 떠올렸는지 급하게 스탠스를 변경했다.

"아… 흘흘흘."

갑자기 인자한 신선의 풍모를 풍기면서 콜렉터가 돌아앉았다.

백발에 백염.

신기한 것은 그 눈조차 백안(白眼)이다. 흰자위와 검은자위가 나뉘어 있는게 아니라, 눈 전체가 온통 새하얀 덩어리처럼 보였다.

그 눈을 마주하는 순간 대혁은 자신의 몸을 훑어내는 듯한 시선을 느꼈다.

"반갑습니다."

"음… 무슨 용무로 찾아왔다고 그랬었는가?"

"정보를 얻기 위해서입니다."

김이 대답했다.

"어떤 정보를 원하는 게지?"

"팬텀의 간부들. 그들의 위치를 알고 싶습니다."

노인은 대답을 잠시 미루고, 자신의 백염을 쓸어내렸다.

"위험해. 위험해."

"괜찮습니다, 이미 각오는 해두고 온 터라…."

"아니! 그 정보를 팔면 내가 위험하다고! 내가 무슨 댁들 안위까지 신경써줘야 하는겐가?"

"아… 그 얘기였나요?"

김이 뒷머리를 긁적거렸다.

"그럼 정보를 얻을 수 없는 건가요?"

대혁이 끼어들었다.

"흠. 그건 아니지~. 오해하면 안된다네. 다만 팬텀에 대한 정보비는 비싸."

"준비한 게 있습니다."

김이 끼어들었다.

"말이 잘 통하는 친구로구만."

김은 품안에서, 카드같은 것을 한 장 꺼냈다. 금속제 카드에, 검은도료를 칠해놨고, 금색문양으로 포인트를 준 카드였다.

콜렉터가 눈썹을 치켜올렸다.

"흠, 이건?"

"시크릿 로즈의 회원카드입니다."

"…허억."

그 '콜렉터' 가 헛바람을 들이킨다.

"아시다시피 시크릿 로즈는 헌터 전용, 그것도 가장 프라이빗한 '살롱' 입니다. 최근 1년간은 아예 신규회원조차 받지 않고 있죠. 이 카드의 주인이 되신다면, 그 가게의 위치는 물론 최상의 서비스를 받으실 수 있을겁니다."

콜렉터가 천천히 손을 내 밀었다. 그 손끝이 부르르 떨리는 것처럼 보이는 건 대혁만의 착각일까.

콜렉터의 손이 카드를 낚아채기 전에, 김이 카드를 뒤로 쑥 뺐다.

"정보가 먼저입니다."

"그, 그래야지. 커허험."

정보가 사고 팔리는 과정은 대혁의 생각보다 훨씬 빠르고, 간단했다. 김이 제안한 협상책이 완벽하게 콜렉터를 뒤흔든 것인지는 몰라도.

콜렉터는 팬텀에 대한 정보를 사고파는 것이 위험하다 어쨌다 말했던 사람이라고는 생각할 수 도 없이 순순히, 팬텀의 위치, 그들의 기반, 전력 같은 것을 낱낱이 일러줬다. 그런 정보를 대체 어디서 입수했는지가 궁금할 정도였다.

"자… 그,그럼 이제 그 카드를…."

콜렉터는 마약 금단현상에 걸린 사람처럼 푸들푸들 떨어가기까지 하며 말했다.

김에게서 카드를 건네받자, 벌떡 기립까지 해버렸다.

카드에 쪽쪽 입을 맞추던 콜렉터는 이내 정신이 들었는지, 갑자기 사뭇 진지한 표정을 지었다.

"흠."

그가 양반다리를 틀고 앉아, 대혁과 김 두 사람과 차례대로 시선을 맞추었다.

"흘흘. 젊은 청년들이 용감한지로고."

이제와서 신선풍모를 흉내 낸다고 해도, 전혀 그럴듯하지 않지만 콜렉터는 꿋꿋했다.

"내 자네들의 기개에 감명 받아 정보를 하나 더 줌세."

"저희야 감사하죠. 당신의 정보는 그 하나하나가 천금의 가치인데 보너스로 주다뇨."

김이 넉살도 좋게 대답했다. 콜렉터는 만족스러운 얼굴로 수염을 쓰다듬으며 답했다.

"포식자에 대해 알고 있는가?"

김의 표정이 자못 진지해졌다.

"포식자라 함은… 5년 전 미식회 사건때, 미식의 회주를 말씀하시는 겁니까?"

"그래."

"팬텀과 그가 관련이 있는 겁니까?"

"말해주기 시시하게 눈치도 빠르구만… 흘흘… 맞네. 팬텀의 리더가 포식자의 아들이지. 그리고 지금 그들이 계획하고 있는 일이…."

◆

레이디 어쌔신, 마고 그란데의 안색이 미묘하게 변했다. 그녀의 시선이 갑자기 상황에 난입한 인물에게 향한다.

헌터협회 부회장. 페르낭 그라비.

난처한 적이 끼어들어 버리고 말았다.

마고 그란데가 존슨을 돌아보았다.

존슨은 직접적인 전투에는 적합하지 않다. 상대의 에너지를 빨아들여 적을 둔화시키고,

최종적으로는 팬텀의 '의지'를 드러내기 위해 쓰이고

있는 녀석일뿐이지.

저 디룩디룩한 몸으로는 제대로 걷는것조차 버겁다.

"어머~? 두 명? 아무리 나라도 이런 절륜한 두 사람을 상대로는 체력이 안될 것 같은데…."

"두 명 대 두 명. 짝이 맞는군요."

페르낭 그라비가 여유있게 응수하며 두어걸음 더 앞으로 나왔다. 마고 그란데는 애써 미소를 보이며 말했다.

"글쎄요~ 이 아이는, 그다지 도움이 되는 아이는 아니라서."

존슨은 푸들 푸들 육중한 살을 떨고 있었다. 페르낭 그라비에게 공포심을 느끼는 모양이었다.

"네가 나를 흉내내고 다니는 아이인가보구나."

"……."

존슨은 대답하지 못했다.

"뭐, 그럴 수는 있지만 최소한 오해는 없게 처리해야지. 너 때문에 형이 다니는 회사에서 얼마나 곤란해질뻔했는지 알아?"

페르낭 그라비가 다시 한 발자국 다가오며 발했다.

슈욱-! 퍽!

순간, 단검 한 자루가 페르낭의 발 앞의 흙바닥으로 날아들어 박혔다.

"그 이상 접근은 허락하지 않겠어요."

"당신은 이 집에 허락받고 들어왔나요?"

페르낭 그라비가 기세를 올렸다.

뭉실 뭉실,

존슨과 비슷하지만, 비교도 할 수 없는 힘의 족쇄가 풀려나간다.

"읍…."

레이디 어쌔신은 입술을 깨물었다.

그녀와 페르낭 그라비의 스타일은 상성이 맞지 않는다. 어둠속에 숨어 조금씩 상대를 갉아먹는 마고 그란데.

개방된 장소, 숨어있는 장소 할 것없이 주변 전체의 에너지를 흡수할 수 있는 광역기를 보유한 페르낭 그라비.

"당신…."

마고 그란데는 이를 부득 갈았다.

"당신은 언젠가 내 손으로 죽여주겠어."

"좋을대로."

"그리고, 말해줄게. 지금 한 번을 막았다고 자신하지 마. 이미 파도가 오고 있어. 역행할 수 없는 흐름이 닥쳐오고 있다고."

"언제든지."

"…곧 신이 강림하고… 그가 내정한 왕이 세상을 전복하고 통치하리라."

그 말을 마지막으로, 마고 그란데의 몸이 어둠 속에 녹아들어 사라졌다. 페르낭 그라비는 구태여 쫓지 않았다.

사실 쫓는다고 해도 놓칠 것이 자명했다.

마고 그란데는 애초에 그런쪽에 특화되어 있는 여자다. 그런 그를 무슨 수로 쫓는단 말인가.

"네 이모가, 너를 놓고 갔구나. 너는 나와 함께 가야겠다."

페르낭 그라비가 존슨을 한 번 쓰다듬어 주고는 말했다.

그가 스피어 마스터를 향해 다가갔다.

"괜찮으십니까?"

"덕분에… 고맙다."

"집에 가족분들은?"

"다행히 아무 이상없어. 모두 여행을 간다고 집을 비운 상태거든."

"천운이군요."

"흠… 그것보다도, 놈들이 나타난 이유가 대체 뭐지?"

"사실 오늘 전해드리려던 말도 그에 관련해서였습니다. 포식자 토벌에 참여했던 헌터들이… 무차별적으로 '팬텀'에게 하나씩 목숨을 잃고 있습니다. 그리고 제가 한 짓으로 꾸미려고 한것인지, 저 녀석을 끌고 다니더군요."

페르낭 그라비가 존슨을 가리키곤 말했다."

"그렇군… 어쩐지 자네와 비슷한 능력이라곤 생각했어."

"그런데… 오늘 보니 그건 곁다리였던것 같군요. 겸사겸사라는 느낌이랄까… 뭔가 더 크게 노리고 있는 것이 있는 모양입니다."

페르낭 그라비가 진지한 표정으로 말했다.

4. 콜렉터

4. 콜렉터

팬텀의 리더가 포식자의 아들이라는 것도 생전 처음듣는 이야기였다.

그런데 뒤이어, 콜렉터가 해주는 말은 김을 더욱더 혼란케했다.

"탈옥을… 계획하고 있다구요?"

"정확히는 포식자를 밴프라이즌에서 빼돌리는 것도 큰 흐름의 가지 중 하나일 뿐이네. 자세한 건, 자네들이 직접 알아가 봐야겠지."

"……어르신의 정체가 점점 궁금해집니다."

김은 콜렉터를 만난 이후로는 내내 진지했다. 그가 콜렉터를 어떻게 생각하는지 알 수 있는 대목이었다.

"흘흘."

콜렉터는 그저 웃어보일뿐이었다.

"그럼 이만 일어나보겠습니다."

김이 말했다.

"그랴."

"이야기 감사했습니다."

대혁의 말에 콜렉터는 대답 대신 그를 뚫어져라 보았다.

그러더니 입을 연다.

"자네는, 나와 좀 더 할 얘기가 있을 것 같아."

"……."

대혁은 김을 돌아보았다. 김이 고개를 끄덕였다.

"그럼 나 먼저 나가 있을게. 밑에 옥토씨랑 담소나 나누고 있을 테니까, 이야기 나누고 천천히 내려와."

김이 먼저 나갔다.

"눈치가 빠른 친구구만."

콜렉터가 너털웃음을 내며 말했다. 대혁은 다시 자리에 앉았다.

"무슨 얘기 때문에 그러시는지요?"

"바로 물어오니, 나도 단도직입적으로 대답해줌세. 자네…. '트리퍼' 지?"

"…예?"

"흠. 아직 모르는가보군. 풀어서 설명해주지. 자네, 다른 행성으로 건너갔다가 온 적이 있지 않나?"

"……맞습니다."

대혁의 표정이 미묘하게 바뀌었다. 자신이 행성을 이동했다는 것을 알고 있는 사람은 지금까지 아무도 없었다.

그런데 그 사실을 알며, 더군다나 '트리퍼' 라는 생전 처음들어보는 명칭으로 부른다.

"어떻게 알고 계신 겁니까?"

"역시 그랬구만. 내 이야기를 해주지."

콜렉터의 눈이 회상에 잠기듯, 침잠해갔다.

◆

"낄낄낄낄. 아해야. 네가 정녕 죽음의 구렁텅이로 스스로 굴러들어오는구나."

삼절마 중 하나인 귀마(鬼魔) 사장령이 음산한 웃음소리를 흘려내며 말했다.

검은 장포를 펄럭이며 모골이 송연해지는 말을 쏟아내는 사장령의 모습은 흡사 저승사자와도 닮아 있었다.

생김새도 섬짓한 그의 기세에 일조했다. 피부가 귀신처런 허옇고 얼굴은 화장이라도 한 것처럼 시퍼렇다. 손톱은 갈고리처럼 자라있다. 키는 멀대처럼 크고 팔다리는 보통사람보다 두배는 길어보인다. 한눈에 봐도 평범해 보이지 않는다.

사장령은 저런 몸을 가지고 유령처럼 움직여 사람의

수급을 취하는 일을 놀이처럼 즐긴다.

보통 사람이라면, 아니 조금 강단이 있는 사람이라 할지라도 귀마의 모습을 보면 그자리에서 오줌을 지려버릴지도 모른다.

그런데 그것은 범인의 범주에서나 있는 일이고….

지금 귀마의 앞에 서 있는 준수한 청년에게는 염소똥만큼도 위협이 되지 않았다. 청년은 실소를 흘렸다. 그는 어이가 없다는 표정으로 머리를 짚었다. 그리곤 씹어뱉듯이 말했다.

"혓바닥이 존나 길구나. 네 놈을 죽일 방법을 방금 정했다. 혓바닥을 뱀장어처럼 길게 뽑아 죽여주마."

"……."

청년의 엄포에 사장령의 표정이 꿈틀 꿈틀 변한다. 지금껏 사장령의 손에 죽어나간 인원만 정. 사 할것없이 기천에 이른다. 그는 마음만 먹으면 누구의 수급이라도 취할 수 있다.

만약 조건몇가지만 갖춰진다면 유령처럼 은밀히 움직여 백도맹주나 흑도맹주의 수급이라도 딸 자신이 있다.

그런데 자신에게 그런식으로 말하다니.

꿈틀. 꿈틀.

얼굴 근육이 참지 못하고 일그러진다. 분노인가? 그래 보통이라면 분노로 인한 표정변화여야 할것이다. 그런데 지금은 아니었다. 사실 귀마 사장령이 이토록 심한 표정변화를 보이는것도 처음이었다. 그는 항상 무표정에 가까운 얼굴색을 유지한다.

그런데 지금은 청년의 말을듣고 얼굴이 새하얗게 탈색되기 시작했다. 심지어 그의 이마에 송골송골 식은땀마저 배어나오기 시작한다.

귀마 사장령이 누구인가?

단 5년만에 백도맹 흑도맹 그리고 어디에도 속하지 않는 무림세가를 포함한 강호전체를 휩쓸어버린 부활마교,

그 부활마교의 구심점이자 천마의 재림이라 불리는 마교주 초세마존 구광휘의 호법아니던가?

그의 부운귀령보는 그를 유령처럼 움직이게 하고, 그의 음살귀신공은 빙백신공보다 더 싸늘한 냉기를 보여주지 않았던가?

그리고 사장령은 비록 말석이지만 천하열두존자에 이름을 올려놓은 불세출의 고수아니던가.

그런 그가 고작 약관밖에 안되어보이는 청년을 앞에 두고 쩔쩔매고 있는 것은 무림에 몸담고 있는 사람이 봤다면 기겁을 할 만한 대사건이었다.

사장령은 억지로 표정을 관리했다. 평소처럼 침착하고 귀신처럼 냉정하게, 차갑게 보이기 위해 무던히도 애를 썼다. 자기도 모르게 푸들 푸들 떨리는 안면은 차마 정돈하지 못한채, 사장령은 애써 태연한척 입을 열었다

"그… 크… 크하하하하! 뭐라? 이 몸의 혀를 어찌하겠다고? 이노옴! 네 놈이 뚫린 입이라고 감히 못하는 말이 없구나!"

"지랄."

청년은 그의 말에도 그저 까딱 고개를 꺾을뿐이었다. 그는 팔짱을 끼고 사장령을 똑바로 노려보았다. 시선만으로 사람을 어떻게 할 수 있다면 그대로 사장령의 머리통을 뚫어버릴 정도로 강렬한 시선이다.

그 노골적인 눈빛에 사장령이 고개를 틀었다. 그 순간이었다. 사장령과 청년의 몸이 쭈우우욱 늘어났다. 사장령과의 거리가 대략 십장은 되어보였건만 그런 거리가 마치 축지라도 하는 것처럼 좁혀졌다.

바로 신법의 극의에 달한 자들만이 펼칠 수 있다는 이형환위가 펼쳐진 것이다.

"헉!"

사장령이 헛바람을 들이켰다. 무공을 처음배웠을때도 이처럼 허탈하게 상대의 움직임을 놓친적이 없었다. 그는 항상 상대보다 강한축이었고 싸움에선 거의 매번이라고 해도 좋을만큼 이겨왔다.

그런데 이 놈은 달라도 뭔가가 다르다!

"노오오오오옴!"

사장령은 일갈을 내지르며 양손을 쫘악 펼쳤다. 그의 손톱이 길게 자라났다. 사장령의 무기는 바로 강철도 잘라낸다는 조법(爪法)이었다. 마치 맹수의 발톱처럼, 손가락 안으로 숨겼다가, 필요할때는 1m가 넘게 뽑아내는 그의 손톱은 그 기형적인 신체구조덕분에 가능한 기술이었다.

창, 창, 창, 창강!

그러나 그 손톱은 휘두를 기회도 얻지 못했다. 사장령의 손톱이 일제히 바닥으로 떨어지며 금속성을 냈다.

'미, 미처 보지도 못했는데… 기척을 느끼지도 못했는데 대체 언제?'

분명히 청년의 짓이리라. 하지만 바로 눈 앞에 있으면서도 포착하지 못했다. 대체 어떻게 공격을 한 것이란 말인가? 분명히 그의 허리춤에 있는 검으로 공격을 한걸거라는 짐작만 할 뿐이었다.

복잡한 머릿속은 곧 증발되어버렸다.

덥썩!

청년이 예고했던 대로 사장령의 혀를 잡은 것이다.

"어… 억!"

비명을 지르며 발버둥 치려고 노력하는 사장령이었지만 소용없었다. 청년은 제 멋대로 사장령의 혀를 잡아당겼다.

콰득!

혀뿌리부터 찢어진 혓바닥이 입밖으로 딸려나왔다.

◆

마교의 소굴은 천마곡 위에 자리잡고 있다. 기실 천마곡은 마교의 본거지가 똬리를 틀기전까지만 해도 사람의 인기척이라곤 찾아볼 수 없는 곳이었다.

그 이유는 험준한 지형에 기인한다. 기암괴석이 마치 몇 겹의 성벽처럼 솟아있고, 수시로 바뀌는 궂은 날씨때문에 사람이 살기엔 적합하지 않았다. 천마곡으로 오르는 길은 울창한 숲으로 가득하다. 이 숲내부는 미로처럼 복잡하다. 이런식으로 복잡한 자연의 난관들이 합치되어 만들어진 곳이 천마곡이다.

하지만 마교가 이 험준한 터를 닦고 근거지로 삼고난 후엔, 이 모든것들이 오히려 마교의 본거지를 천혜의 요새로 만드는데 한 몫했다.

그냥 오르기도 힘든 이 천마곡을 뚫고 마교의 요새에 당도하기도 힘든데, 이러한 마교도들을 소탕이라도 하려면… 적어도 황군100만명이 모조리 동원된다 해도 쉽지 않을거라는 얘기가 나돌정도였다.

하긴… 절정에 가까운 무인 1만이 마교도고 일류고수까지 포함하면 3만… 이제 자라나는 마교의 새싹까지 전부 포함하면 마교도의 숫자만 5만이다.

삼류고수가 병사너댓명은 상대할 수 있다고 칠 때, 마교도 5만이면 황군 100만을 상대할 수 있다는 말이 터무니없는 낭설은 아니라고 볼 수 있는 셈이었다.

그런데… 그런 마교의 중심을 단신으로 꿰뚫고 있는 사내가 있었다.

"꼭꼭 숨어있군."

청년이 말했다. 그의 뒤로는 지금 시체로된 산과 피로 만든 바다가 흐르고 있었다. 그것은 모조리 마교도였다.

수백에 달하는 마교도들이 그를 막아내려다가 비명횡사했다. 그 중에선 마교 3대고수에 들어가는 삼절마중 하나 귀마도 끼어있다.

수백에 달하는 마교도를 소탕했으면서도 남자의 모습엔 지친기색, 땀 한방울 보이지 않았다. 그는 여전히 평온한 기색으로 훌쩍 훌쩍 담을 타 넘으며 내부로 진입했다.

남자의 이름은 위옌.

그는 이 강호에서 일친무횡이라는 별호로 불린다. 하나의 하늘, 무의 황제라는 별호.

무림인의 별호란것이 대개 과장되고, 허풍선이 조금씩 섞여있다고 볼 수도 있지만 그는 아니다.

오히려 그의 별호는 그를 수식해주기에 모자른감이 있을 정도였다. 일천무황이라는 무지막지한 별호도 그를 담아내기엔 부족하다.

강호 역사상 최강의 고수 위옌.

그런 위옌은 사실 지구라는 행성, 중국에서 건너왔다.

그가 무림의 한가운데로 떨어지게 된데에는 마교와 밀접한 관계가 있었다.

처음 무림에 떨어졌을 땐 지독하게도 적응하기가 힘들었다.

현대사회에서 살다가, 옆에 있는 사람이 픽픽 죽어나가는 무림의 한가운데로 떨어진 것은 패닉이었다. 위옌은 살아남기 위해서 무엇이든 했다. 처음 1~2년간은 비참한 생활이었다.

동네 파락호에게도 무지하게 얻어맞았고 심지어 죽을뻔한 경험도 몇 번 겪었다.

하지만 그가 무림에 적응하는데는 더 긴 시간이 걸리지 않았다. 무엇보다도 무공에 천부적인 재능이 그를 이 무림에서 살아남게 만들었다.

천무지체!

하늘이 그야말로 무공을 위해 만든 몸.

1천년에 단 한명만 태어나도 많이 태어나는 것이라는 그 최상의 몸이 바로 위옌의 신체였던 탓이다.

무공에 입문한 위옌은 빠른 속도로 강해졌다.

그리고 지존이라는 위명이 어울리는 자리에 오른 위옌은 이제 자신을 이곳에 불러세운 자들에게 대가를 치르게 하고, 고국으로 돌아갈 참이었다.

◆

천마곡의 마교본거지는 총 네단계의 구역으로 나뉘어져 있다. 그 각각의 구역이 말도 못하게 넓다. 웬만한 대형문파 서너개를 모아놓은 크기다.

그 중 세곳은 삼절마가 각각한곳씩 나눠서 맡고있다.

위옌은 첫구역에서 귀마 사장령의 혀를 뽑아죽이고 수천의 마교도를 몰살시켰다.

"이런식으로는 끝도 없겠군."

마교본거지는 넓어도 너무 넓었다. 마교의 입구에서 가장 안쪽까지 들어가려면 말을 타고 달려도 하루가 걸린다는 말이 마냥 허언은 아닌 모양이었다.

"어차피 필요한 것은 초세마존. 다른 잔챙이까지 상대하며 시간을 쓸 필요는 없겠지."

위옌은 눈을 감았다. 눈을 감자 한순간에 기감이 확장되었다. 기감은 영역을 점점 넓혀가며 마치 높은 곳은 나는 수리가 지상을 내려다 보는것처럼, 천마곡의 영역을 그려내기 시작했다.

화악-! 확! 확!

그 영역이 점점 확장된다.

위옌은 자신의 감각에 걸려드는 기운들을 살폈다. 크고 작은 기운들이 보인다. 위옌이 펼쳐내는 것은 말도 안되는 수준의 광범위 탐지술이었다. 추적이나 탐지에 능한자들이 봤다면 그 즉시 자신의 모자람에 회의를 느낄정도로.

영역은 점점 넓어져 이제 수천장을 아우른다. 개중에는 더 크게 빛을 발하는 것도 있었고, 작은 것도 있었다. 삼절마로 추측되는 기운들을 하나하나 지나쳐, 위옌은 기운을 조금 더 넓게퍼뜨렸다.

그리고… 마침내 위옌은 찾을 수 있었다. 북동쪽, 천마곡에서도 가장 으슥한 곳중 하나에 느껴진다. 지금까지와는 다른, 평범한 마교도들을 압도하고 삼절마보다도 몇 배는 강력한 기운이.

"거기 있었던 거냐."

위옌이 눈을 떴다. 그의 시선이 수천장 저 너머를 꿰뚫어보듯이 노려보았다.

◆

무림에서 보낸 30년은 지루한 세월이었다. 1, 2년도 아니라 자그마치 30년이다. 시간은 약이라는 말이 있다. 아무리 큰 고통이나 변화도 시간이 치유해준다. 시간은 상처를 덮고, 기억에 아로새겨진 충격적인 일도 없던 일로 만들어준다.

위옌도 그 말을 믿었다. 그래서 죽을만큼 공허하거나 외로운 감정이 들었던 시간들. 그 시간들도 결국에는 시간이 치유해줄것이라고 생각했다. 길어야 1, 2년이면 해결될 것이라고 생각했다. 그래서 그는 꾸역 꾸역 버티며 살아남았다.

결론부터 말하자면 변화같은 것은 없었다.

3년을 살았다. 무림세가에 방계로 입문해 무공을 배우고 재능을 인정받아 가주에게 직접 사사받기까지 걸린 시간이다. 가주에게 사사받고, 세가내 최고수로 약진하면서 약소 무림세가를 지방 최강의 검가로 바꾸는데는 2년밖에 걸리지 않았다. 거기까지 걸린 시간이 총 5년.

최고의 후기지수중 하나로 평가받는데 걸린 시간이다. 실상은 그 당시 세가의 가주조차 뛰어넘는 실력을 가지고 있었지만 강호에 이름을 떨친지 2년밖에 되지 않았다는 이유로 후기지수에 묶였다. 별 상관없었다.

위옌은 그때에도 이 무림이라는 세계에 적응하지 못하고 있었다. 그저 시간이 갈수록 사무쳐가는 고향에 대한 그리움만이 가슴 한 켠에 응어리져 있을 뿐이었다. 위옌은 깨어있는 시간을 전부 무공을 연마하는데 할애했다. 그렇게 라도 하지 않으면 도저히 견딜 수 없을것같았기 때문이다.

몸이 녹초가 될 때까지 무공을 수련하고, 눕자마자 잠이 들 것같으면 누워서 그대로 잠이든다.

그 일상은 비가오거나 눈이오거나 바뀌지 않았다. 검을 쥔 손바닥에 물집과 흉이 떨어지는 날이 없었고, 때로는 격한 움직임에 골절이 생기거나 관절이 빠지는 날도 있었다.

개의치 않았다. 뼈가 부러지면 부러진 채로 움직였고 관절이 빠지면 그대로 끼워넣고 무공을 수련했다.

천무지체라는 최고의 재능을 가진 사내가, 무공훈련 또한 누구보다 치열하게 했다. 그 정도 독기로 훈련을 한다면 범재라 할지라도 능히 절정고수의 반열에 올랐을 정도다. 하물며 천무지체를 가진 위옌이 그런 수련을 거쳤으니 하루가 다르게 나날이 성취를 이뤄감이 당연했다.

녹초가 된 몸을 이끌고 세가로 돌아오면 배속받은 시녀가 따뜻한 물을 받아놓는다. 위엔덕택에 세가 '광천검가'는 지방 최고의 세가로 탈바꿈했다.

높으신 자제나 상단의 후계가 속가제자로 많은 돈을 내고 배움을 청해왔고, 무수한 일반 문하생 또한 광천검가를 찾았다.

위엔이 강해질수록 광천검가 또한 누려오지 못한 명망을 떨쳐나가고 있었다. 그런만큼 가주는 위엔을 광천검가의 보물단지처럼 애지중지했다. 그에게 전속시녀를 몇 명 배치할 정도였다.

젊고, 아리따운 시녀가 위엔을 보필했다. 시녀의 외모는 저잣거리로 나아가도 흔히 찾아볼 수 없을 정도로 아름다운 미녀들만 골라서 차출했다.

외모는 기본이고 어느 정도 이런 일에 대한 지식도 함양하고 있는 시녀위주로만 뽑았다.

많은 돈을 사례로 주었기 때문에 지원자는 많았다.

처음엔 일로 위엔을 모시기 시작한 시녀들도 올곧은 품성을 가진 위엔의 모습과 광천검가를 하루아침에 최고의 세가로 탈바꿈 시킨 그의 잠재력, 무공 외에는 딱히 주색잡기에 관심을 두지 않는 그의 모습에 마음으로 연정을 품기도 했다.

그 중 한둘은 정말로 서첩을 써서 위엔에게 마음을 전할 정도였다. 하지만 위엔은 여전히 이 모든 것들에 철저히 무관심했다. 아니 무관심이라기보다 차원 너머 그의 고향에 대한 생각이 훨씬 절실했다. 24년을 살아온 중국은 24년이라는 물리적 시간 이상으로 그의 기저에 자리잡고 있는 모양이었다.

그리고 그렇게 다시 3년이 흘렀다. 위엔이 무림으로 온지 정확히 8년째 되는 날.

친선조약을 맺고 있던 백도맹과 흑도맹은 기나긴 평화의 시간도 지루했는지 한가지 재미있는 축제를 마련했다.

바로 구룡지회라는 것이었다.

구룡지회는 일종의 무술대제전이었다. 각자가 가진 무술을 신명나게 겨뤄볼 수 있는 취지의 대회로써, 각 부문이 있다. 검술, 경공, 내공, 비무 등등… 아홉가지 분야에 걸쳐 1등을 뽑고 우승한 자에게 용(龍)의 칭호를 부여하는 것이었다.

위엔 역시 이 대회에 참여했다. 이는 가주의 간곡한 부탁 때문이었다. 가주는 누구보다 위엔의 실력을 잘 알았고, 이 기회야말로 한 번 더 높은 곳으로 광천검가의 이름을 드높일 기회라고 생각한 것이었다.

위엔은 수락했다. 딱히 어려운 일이 아니라고 생각했을 뿐더러 간만에 무림에서 갖는 유희거리가 될 수 있을 거라고 생각했다. 그때가지 그의 재미는 무술을 수련하며 얻는 재미밖에 없었으니까.

위엔을 포함한 구룡지회.

이 대회는 3개월에 걸쳐 펼쳐졌고, 놀라운 결과가 벌어졌다.

바로 아홉 개 부문 전부 위옌이 우승을 차지한것이었다.

이는 무림계에 일대 파란을 몰고 왔다. 구룡지회는 사실상 백도맹의 주축 9파 1방 5대세가.

그리고 흑도맹의 흑천3가가 주축이 되어 자신들의 위명을 떨치기위해 만들어낸 자리나 마찬가지였다.

그들은 장문인이나 장로급을 제외한 자신들의 문파에서 가장 강한 인물들을 내세웠다.

당연히 우승자 또한 그들끼리의 경합가운데서 나올 거라고 생각했다.

그런데 전혀 생각지도 못한 광천검가의 위옌이(물론 최근 약진하고 있는 검가라고는 하나 광천검가의 위명은 여전히 9파 1방에 비하면 미약했다) 우승을, 그것도 아홉 개 부문 전부를 우승했다는 것은 믿을 수 없는 사실이었다.

무림인들은 광천검가와 함께 위옌이라는 이 초고수의 등장에 주목했다.

사실 이때 쯤 이미 위옌은 광천검술을 뛰어넘어 자신만의 무공체계를 갖춰가고 있는 시기였다.

전 무림계를 한 번 뒤흔든 이 사건이후로 다시 한 번 위옌이 무림을 떠들석하게 만든 사건은 다시 4년이 지난 어느날 벌어진다.

백도맹주 백천일.

백도맹계열 무왕중 하나로 칭송받는 초절정고수이자 온화한 성품의 군자였던 그가 어느날 해까닥 돌아버려 자신의 가솔들을 쳐죽인 것이다.

백천일은 가솔들을 처죽이고 갑자기 자취를 감추었다. 그의 무공은 진짜배기였으나 개미한마리도 마음대로 죽이지 않고, 심지어 원수마저 용서해줬다는 백천일이 자신의 가솔을 죽였다는 것은 이해할 수 없는 기이한 일이었다.

진짜 무서운 일은 그 이후에 벌어졌다.

화산, 곤륜, 아미, 점창의 장문인들이 차례로 자신의 가솔이나, 1대제자, 장로들을 연달아 죽이고 사라진 일이 벌어신 것이다. 이 모습은 마치 백천일이 자신의 가솔을 때려죽인 것과 비슷했다.

백도맹은 처음엔 흑도맹을 의심했다. 이 일이 혹시 최근엔 친선을 맺고 있다지만 전통적인 악연이었던 흑도맹이 백도맹을 무너뜨리려는 술수가 아닌지 진지하게 의심했던 것이다.

하지만 곧 그게 아님을 알아냈다. 흑도맹 흑천3가의 장문인 역시 차례대로 자신들의 가솔을 죽이고 달아난 일이 생긴 것이다.

1개월이었다. 1개월동안 이런 커다란 변고가 생겼다. 전 무림이 긴장하고 이 사태를 주목했다.

그들은 그 사이에 한가지 사실을 밝혀냈다. 바로 맞아죽은 사람들은 시간이 조금 흘러 다시 강시처럼 살아났다는 것,

그리고 그들이 해까닥 돌기전에는 평소와 다른 모습을 보여줬다는 것이다.

사람들은 이 기묘한 일들의 연속에 한 집단을 떠올렸다.

혈교.

바로 혈교의 사술만이 이런일을 벌일 수 있다는 것이었다.

그 때 위옌이 나섰다. 그는 혈교라는 말에 자신의 철검 한자루만을 쥔 채 곧바로 무림맹이 있는 곳으로 향했다.

혈교의 주술사들이 바로 무림으로 자신을 불러낸 자들이다. 혈교라는 말을 듣고 가만히 있을 순 없었다.

무림맹은 세간에 알려진것보다 더 많은 정보를 가지고 있었다. 그들은 이미 이 사건이 혈교의 주술사집단에 의해 일어난 것이며, 그들이 곧 더 무시무시한 풍파를 불고올 것임을 예견했다.

그리고 해까닥 돌아버린 백도맹과, 흑도맹의 맹주와 장문인들이 있는 위치도 파악하고 있었다.

그리고 그들의 움직임과 행동반경을 분석해봤을때 3일 후 인시에 한데 모여 커다란 혈사를 일으킬 것이란 걸 위옌에게 귀띔해줬다. 위옌은 이렇게 대답했다.

"모든 걸 나에게 맡기시오."

그리고 3일 후.

장문인급 초절정고수 20여 명과 위옌 혼자와의 결투가 벌어졌다.

바로 무림맹 건물이 있는 곳 바로 앞 공터에서였다.

얼굴에 갖가지 기묘한 문양이 새겨지고 눈이 피처럼 붉어진 그들은 이미 사람의 자아를 잃고 있었다. 하지만 무공만은 그대로였다. 천지를 뒤바꾸고 산을 옮기고 바다를 마르게 할만한 전투가 벌어졌다.

그들이 내뿜는 장에 땅이 뒤엎어지고 무림맹 건물이 박살났다.

거칠고 강력하고 위압적인, 사람이 아니라 신들의 싸움을 보는 것 같았다.

그에 반에 오히려 위옌의 움직임은 심해처럼 고요했다. 그는 착검을 한 상태로 조용히 공격을 피했다.

그러다가 한 번씩 검을 흩뿌렸다. 검집에 숨어있던 섬이 모습을 드러낼 때마다 번개와도 같은 섬광이 한번씩 쳤다.

그러고 나면 꼭 상대의 팔다리나 목이 떨어져나갔다. 대단한 검술이었다.

싸움은 나흘밤이 꼬박 지나고 나서야 끝났다. 주변일대가 모조리 초토화되었고 무림맹의 건물 수십 채는 박살나 잔해만이 가득했다.

그러나 무림맹의 인명피해는 없었다. 대신 혈교의 주술에 걸렸던 장문인급 20여 명은 유명을 달리했다.

그 뒤로 위옌은 일천무황이라는 별호를 얻었다. 장문인급 고수 20여 명을 상대로 승리를 거머쥔다는 것은 검선 여동빈이나 무당의 개파조사 장삼봉 혹은 달마가 와도 불가능 할 것이라는 게 온 무림인들의 중론이었다.

"또 놓쳤구나."

무림역사 최강의 고수라는 평가를 받게 되었음에도 위옌은 전혀 기쁘지 않았다. 이번엔 혈교의 주술사를 찾고 고향으로 돌아갈 수 있으리란 희망을 품었는데 헛된 기대였다.

그 후로 일천무황 위옌은 책자를 가득 짊어지고 곤륜산 깊은 곳으로 칩거했다.

다른 사람의 힘을 빌어 돌아가는 것이 아니라, 자신이 직접 연구해서 차원문을 열 생각으로.

하루종일을 몰두했고 남는 시간은 무공으로 몸을 풀었다. 그 사이에 무공도 한층강해져 위옌은 환골탈태도 거쳤다. 쉰이 넘은 그의 육체는 약관의 청년보다도 생생한 혈기를 되찾게 되었다.

차원문을 만들어내는 일은 고금제일인이 되는 것보다 몇 곱절은 어려웠다. 결국 그렇게 15년이 흘러, 도저히 차원문을 만들어내지 못한 위옌은 잠시간 하산을 결심했고 산을 내려왔다.

하산한 위옌이 마교에 대한 소식을 접하는 건 어려운 일이 아니었다.

천지사방이 마교의 이야기뿐이었으로 자연히 혈교에 대한 이야기도 듣게 되었다. 위옌을 그 즉시 마교로 향했다.

귀마는 열두존자에 가장 최근에 이름을 올려놓은 고수

였다. 위옌이 입산한 이후에 열두존자 중 하나가 되었기 때문에 위옌은 자신이 혀를 잡아당겨 죽인 자가 무림에서 가장 강하다는 평가를 받는 열두 명 중 하나인줄도 몰랐다.

그저 다른놈들보다 '조금' 강하다고 느꼈을뿐이다.

다른 마교도들은 시간낭비라 생각했다. 위옌은 그들을 건너뛰고 초세마존이 있는 곳으로 추측되는 장소로 이동했다.

그리고 지금이다.

이제, 위옌은 천마를 때려눕히고 자신이 왔던 곳으로 돌아갈 생각이었다.

◆

"마교의 머리도 별 수 없구나."

마교주 초세마존의 위치는 본거지 중에서도 가장 심처였다. 보통의 군주가 으레 그러하듯 마교주 또한 가장 깊숙한 곳에 자신의 거처를 마련해놨다.

"숨지 말고 기다려라. 숨어도 찾아낼 것이고 도망가도 쫓아갈 터이니."

위옌은 마치 능숙한 엽꾼이 토끼같은 쉬운 사냥감을 잡는 것처럼 말했다. 그는 실제로 자신이 있었다. 30여년의 세월을 무공을 익히며 보냈고 무수한 실전을 거쳤다.

일천무황이라는 별호는 이미 15년 전에 얻은것이었다.

그 후에 위옌은 곤륜산 깊은 곳으로 은거했다. 무공을 익히고 아무도 자신을 건들 수 없을때, 그리고 필요한 것은 무엇이든 마음대로 얻을 수 있을 때 산으로 칩거한 위옌이 한일은 바로 차원문을 여는 것이었다.

그는 중국으로 돌아가기 위해 부단히도 연구를 시작했다. 각종 기관진법과 술식, 주술… 갖가지 기이한 기술들은 돌아가며 모두 익혔다. 하지만 차원문을 여는 데는 실패했다.

그 세월이 15년이다.

그리고 결국 포기한 채 산을 내려와보니 마교라는 놈들이 온 무림을 쑥대밭으로 만들어놓은 것이 아니던가?

위옌은 새로이 부흥한 부활마교의 주축이 바로 '혈교' 라는 것을 알게 되는데는 얼마 걸리지 않았다.

혈교.

위옌의 뇌리에 못처럼 박힌 그 이름은 떨궈낼래야 떨궈낼 수 없었다. 천인혈마대법이란 비공으로 위옌을 무림세계로 끌고온 것이 바로 혈교의 주술사집단이다.

그렇게 혈교가 마교의 주축이란 걸 알게 된 위옌은 곧바로 천마곡을 찾은 것이다.

"핫!"

위옌은 짧은 기합과 함께 땅을 박찼다. 가볍게 발을 구른 정도로 위옌의 몸은 수백장 위로 치솟아 올랐다. 매보다도 가벼워 보이는 몸이었다. 그의 몸은 한 마리 새가 되어 구름을 뚫고 올랐다. 위옌은 눈썹위로 손을 펼쳐댔다. 안력을 돋워 멀리 내다보았다. 마치 망원경으로 사물을 땡겨보듯이 수천장밖의 사물이 세세히 시야에 들어온다.

"그곳이구나."

위옌은 고개를 끄덕였다. 위치를 파악한 것이다.

그가 디딜곳 하나 없는 허공중에서 다시 한 번 발을 굴렀다.

팡!

그의 발은 공기를 디뎠다. 그리고 몸을 앞으로 쭉 쭉 밀어냈다. 양 발이 교차하면서 연속적으로 허공위를 밟고 진격한다.

팡! 팡! 팡!

상천제! 허공답보! 능공허도!

내공과 신법. 둘 중 어느 하나라도 부족하면 펼치지 못한다는 신법의 끝판왕이 펼쳐졌다.

그의 밑으로 마교의 본거지 훅훅 지나간다. 이변을 알아챈건지 마교도들이 하나둘 집결하고 있었지만 자신들의 머리위로 위옌이 새처럼 날아가고 있는건 알아채지 못했다.

위옌은 여유롭게 달려나갔다. 한 번 발을 박찰때마다 수십장씩 당겨서 몸이 움직인다.

가장 안 쪽, 초세마존 구광휘의 거쳐로 보이는 곳까지 도착하는데는 채 1각도 걸리지 않았다.

위옌의 몸은 마침내 본거지 가장 안 쪽에 자리한 마교주의 전각 지붕위에 멈춰섰다.

"……."

상공에서부터 위옌의 몸이 마치 깃털처럼 살랑살랑 바닥으로 내려앉았다.

마교주의 전각은 으리으리했다. 처마며 기둥의 목재까지 황제의 처소에나 쓰일법한 극상품으로 이루어져 있었다. 그리고 전각의 문에는 붉은수라가 양각되어 있었다.

"이리 나오거라."

위옌이 입을 열었다. 초세마존을 청해 부르는 말이었지만 엉뚱한 것들이 슈슈슉 튀어나왔다.

"네 놈들은?"

턱까지 가리는 시뻘건 홍의를 입고 이마에는 두건까지 쓰고 있는 인간들이었다. 그 중에 가장 강해보이는 놈이 입을 열었다.

"적혈수라단의 단주 적풍객이다. 여기서 물러나거라. 그럼 목숨만은 살려주마."

경고조의 말이었지만 그의 목소리에 떨림이 묻어났다.

적혈수라단.

마교주 초세마존을 가장 가까이에서 보필하는 호위대로서 모두가 초절정고수로 이루어져 있는 사실상 마교내에서도 가장 강한 단일집단이다.

"그 말 그대로 돌려주마. 당장 꺼지면 목숨만은 살려주마. 3초 준다."

적풍객이 침을 꿀꺽 삼켰다.

"3."

적혈수라단 10명의 단원들이 모두 서로의 눈치만 본다.

"2."

적혈단주가 무기를 꼬나쥔다. 단원들도 모두 각자의 병기를 쥔다.

"쳐라!"

"1."

숫자가 모두 떨어지기 전에 적혈단주가 소리쳤다. 10명의 단원들이 산개해서 위옌을 향해 쏘아졌다.

위옌은 피식웃었다. 그가 손을 털었다. 오른쪽에서 짓쳐들어오던 적혈단 세 명의 몸이 토막나서 나가떨어졌다.

왼쪽에서 달려들던 적혈단중 둘은 달려들던 몸을 선회해 뒤로 달아났다. 도저히 승산이 없다고 판단한 모양이었다. 위옌은 놓아줄 생각이 없었다. 손가락을 튕기자 두가닥의 지풍이 날아가 두 놈의 머리통을 박살냈다.

"죽어라, 이 놈!"

그 사이에 적풍객을 포함한 다섯은 성공적으로 위옌에게 가까워졌다. 그들의 검이 동시에 위옌의 몸을 꿰뚫었다.

"억!"

아니, 꿰뚫뻔했다. 보통 적풍객같은 초절정고수의 검에 선연한 강기까지 맺혀있다면 인간의 피륙이야 두부처럼 썰어내야 하는 것이 지당하다.

하지만 지금은 달랐다. 강기가 둘러싼 검끝이 위옌을

뚫지 못했다. 옷자락도 관통하지 못했다.

"이… 이게 무슨… 커억!"

의문을 표하던 적풍객의 입가로 핏물이 흘러내렸다. 그건 다머지 네 명도 마찬기지였다.

위옌은 자신의 몸에 닿아있는 검을 매개로 내력을 주입해 그들의 몸을 진탕시켜놓은것이다.

"꺼… 허… 억… 이런… 괴… 물…."

그 말을 마지막으로 적혈단은 전멸했다.

위옌은 그들의 시체를 발로 밀어내고 전각의 앞으로 걸어가 다시 입을 열었다.

"이리 오너라."

"……."

전각안에서는 아무런 대답도 들려오지 않았다. 하지만 위옌은 안쪽에 분명히 초세마존 구광휘가 있음을 짐작할 수 있었다. 집중하면 수천장 밖에서 날벌레의 기척도 읽을 수 있는 것이 위옌이다.

"이리 나오지 못하겠느냐."

위옌이 음성에 내기를 실어 말했다. 음성이 방사되며 그 안에 실린 내기가 전각을 통째로 뒤흔들었다.

쿠구구구구.

전걱이 흔들리며 벽에 쩌적 쩌적 금이 갔다. 말도 안되는 묘기였다. 천하의 음공 고수라도 음공을 이런식으로 활용하는 것은 불가능했다.

벌컥!

전각의 문이 열렸다. 그리고 그 안에서 다다닥! 인영들이 튀어나왔다.

"……."

인영들의 정체는 바로 반라의 미녀들이었다. 부끄럽지도 않은지 젖가슴을 드러낸 모습 그대로 도피하듯 전각밖으로 빠져나왔다.

위옌은 조용히 지켜보았다. 너댓 명… 일곱… 아홉… 열다섯… 스물에 가까운 처녀들이 전각밖으로 빠져나오고서야 더 나오는 여자가 없었다.

위옌은 웬 여자들이 그렇게 뛰어나왔음에도 놀란 기색이 없었다. 이미 기척을 다 읽고 있었기 때문이다. 그녀들은 초세마존의 절륜한 정력을 상대한 여성들일 것이다.

"난봉꾼도… 이런 난봉꾼이 없군."

위옌이 웃었다.

그 하나 하나가 나라를 뒤흔들만큼 아리따운 처자들이 알몸으로 초세마존의 밑에 깔려 있었을 생각을 하니 웃음부터 나왔다.

"사… 살려 주세요. 저희는 그저 기녀일 뿐이예요."

그 말이 맞았다. 그녀들의 몸에는 쌀 한 톨만큼의 내기도 보이지 않았다. 그저 초세마존의 오입질에 이용당한 여자들일 뿐이었다.

위옌이 손을 휘휘 저었다.

"꺼져라."

여자들은 우루루 피신했다.

위옌이 전각 안으로 한걸음 내딛었다. 안으로 들어가자마자 알싸한 냄새가 코 끝을 찌른다. 술 냄새였다.

"……."

전각 안에는 금방까지 연회라도 벌인것처럼 온갖 술병과 안주들이 나뒹굴었다. 아마 희희낙락 여자들을 끼고 술판을 벌였으리라. 위옌이 내부를 둘러보았다.

초세마존의 모습은 보이지 않았다.

킥킥.

위옌은 자기도 모르게 실소를 흘렸다.

"꼭꼭 숨었으니 찾아보란 건가."

처음 방안에 들어왔을때부터 짚히는 곳이 있었다. 위옌이 바닥을 뒤덮고 있는 융단을 집었다. 융단은 고급 염료로 다채롭게 염색되어 있었다. 위옌은 내력을 주입했다. 융단이 화르륵 타오르기 시작했다.

삼매진화였다. 화마는 순식간에 일어나 융단을 삽시간에 불태웠다. 융단은 타서 사라지고 재만 남았다.

"별 꼼수를 다 쓰는구나."

위옌이 한 번 손을 내저었다. 강풍이 불며 잿더미가 날려 사라졌다. 그리고 온전한 바닥의 모습이 드러났다. 흰색.

새하얀 금속이 바닥 전체를 덮고 있었다. 위옌은 보자 마자 이 하얀 금속의 정체를 알았다.

바로 백련강철.

만년한철이라는 것이있다. 만년한철은 흔히 금속의 왕이라고 불리운다. 만년이나 묵은 한철. 희귀하기도 희귀하거니와 다루기가 매우 까다로운 금속이라 이 금속을 다룰수 있는 대장장이는 극히 드물다. 적어도 9파의 장문인급되는 무림인이어야 만년한철로 만든 무기를 겨우 몇자루 손에 넣을수 있을 정도로 희귀한 것이었다.

그런 만년한철은 본래 묵색이다.

이 묵색의 한철을 100일간 고온에 제련하면 흰빛을 띠는 강철이 남는다.

그게 바로 백련상철이다.

백련강철은 만년한철로 피어낸 꽃이다.

만년강철 또한 구하기가 어려울진대, 백련강철은 더욱 더 구하기 힘든 금속이었다.

그걸 바닥 전체에 깔아놨다. 한마디로 최강의 방공호인 셈이었다.

아마 초세마존은 이 밑으로 숨어들었을 것이다.

"낄낄낄."

위옌이 웃는다. 그리고 손을 치켜들었다. 그의 손바닥에 유형화된 내공이 넘실넘실 모여든다.

꽝!

내력이 가득실린 장(掌)으로 바닥을 내리찍었다. 손바닥 자국이 깊게 새겨졌다. 과연 백련강철은 간단하게 열순 없었다.

위옌은 다시한 번 손을 높게 치켜들었다가 내리찍었다.

쾅!

철컥!

두번째 일격이 바닥을 내리찍은 순간이었다. 단차라고는 없이 전체가 하나처럼보였던 백련강철의 일부에 가느나란 실선이 갔다. 그리고 손잡이처럼 보이는 것이 튀어나왔다.

위옌의 내력을 견디지 못하고 장치가 무서진 모양이었다.

"……."

위옌은 문고리를 잡아 돌렸다. 다시 한 번 철컥! 소리가 나더니 문이 열렸다. 그리고 바닥으로 길게 이어지는 계단이 나타났다.

"뭔가 이상한데?"

위옌은 이 정도 기관진식이 내부로 이어져 있다는 것에 대해 잠시잠깐 의문을 품었다.

하지만 저 밑 어딘가에서 미미하게 초세마존의 기운이 느껴졌다. 아까도 펼쳐봤듯이 위옌의 기감은 인근 수천장을 가볍게 뒤져볼정도다. 초세마존은 다른 곳으로 달아나지 않았다.

분명히 이 밑 어딘가에 있으리라.

위옌은 계단을 밟아 밑으로, 밑으로 내려갔다. 생각보다 더 안으로 이어져 있었다.

하지만 신기하게도 지하로 내려가는데 쿱쿱하거나, 지하 특유의 습기는 느껴지지 않았다.

관리가 잘 되고 있는 모양이었다.

천장엔 은은한 빛을 발하는 야광석이 박혀 있었다. 일다경 정도 밑으로 내려가자 마침내 계단의 끝이 나타났다. 그리고 커다란 공동이 나타났다.

"이 곳은…?"

위옌으로써도 이곳이 뭘 위해 만들어 놓은 장소인지는 쉽사리 파악하기 힘들었다. 직경이 10장 정도 되는 막다른 공간이었는데, 내부 전체에 붉은 염료로 그려놓은 온갖 형태에 기하학적인 문양들이 빼곡했다. 바닥은 금빛이었고, 중앙에는 제단같은 것이 마련되어 있었다. 그리고 그 제단에는 기이한 모양으로 타오르난 초가 있었다.

"이 냄새는 좋지 않군."

위옌은 손을 털었다. 단숨에 지풍이 날아가 촛불을 꺼버렸다. 초에서 나는 냄새는 정신착란을 일으키는 몽혼향과 비슷했다. 오랜 시간 냄새를 맡으면 사람을 정신병자처럼 만들어버리는 지독한 향초였다. 물론 위옌처럼 내력이 깊은 자에겐 통하지 않지만.

위옌은 의아한 표정으로 계속 내부를 살폈다. 없다. 초세마존 구광휘를 느꼈것만 그의 기운이 마치 씻은듯이 사라져 있었다.

그대신 다른 기운이 느껴진다. 뭔가 낯설면서도 익숙한 기운이다. 언젠가 한 번 겪어보았던 것처럼….

그 순간이었다.

위이이이이잉-

무언가 기계장치가 가동되는 소리가 들리기 시작했다.

챠라라라라락!

위옌이 미간을 좁히고 내력을 끌어모았다. 혹시 있을지 모를 불상사에 대비하기 위한 것이었다.

벽면전체를 빼곡히 물들이고 있던 붉은색 문양이 살아움직이기 시작했다. 붉은염료가, 붉은광채를 뿜어낸다. 황금빛 바닥은, 황금색을 폭사시킨다. 방안 전체가 정신착란을 일으킬 것처럼 다양하고 화려한 광채로 가득 메워졌다.

“이건 동종계 주술…? 아니, 이종, 혼종… 부적술에, 주문진, 거기에 신선술까지 섞여있는것 같은데?”

위옌 역시 15년간 각종기관진식을 독학한적이 있었다. 단숨에 어떤 상황인지 대강은 알 수 있었다.

한가지 놀라운것은 이 기운이 어디서 느꼈던 것이었는지 떠올랐다는 것이다.

바로 30여년 전!

자신을 무림에 불러세운 그 기운이다.

“혹시.”

혹시는 역시나였다. 1각정도가 흐르자 아무 것도 없는 허공이 일그러지기 시작했다.

비쭉 비쭉이며 허공이 위아래로 출렁인다, 그러더니 균열이 가기시작했다. 공간이 좌우로, 아가리를 쭉 찢는다.

그리고 무지개빛 원형의 터널이 생겨난다.

"…차원문."

그토록 만들어내고자 했지만 만들지 못했던 바로 그 차원문이다. 저것은 위옌을 이곳으로 불러내기도 했던 것이다.

위옌은 짧은시간 고민에 빠졌다. 차원문은 세계의 인과율을 비틀어버리는 공간마법이다. 신이 만들어놓은 법칙을 무너뜨리는 이런 기술은 한 번 열기도 힘들뿐더러, 그 여는 시간을 지속하기도 힘들다.

대체 어떤 연유로 이 차원문이 만들어진지는 모르겠지만 분명히 곧 문이 닫힐 것이 자명하다.

"더 고민할 것도 없지."

위옌은 한발을 차원문 안으로 내디뎠다. 지난 30여년을 이 차원문을 넘어 중국으로 돌아가기 위해 살아온 위옌이었다. 비록 초세마존 구광휘에게 지난 세월에 대한 복수를 돌려주지 못한것은 아쉬운 일이지만 지구로 돌아갈수 있다는 사실에 비하면 그건 조족지혈에 불과한 작은 일이다.

"간다! 드디어 내 집으로!"

위옌의 몸 전부가 차원문의 안으로 들어갔다. 기다리기라도 했던 것처럼 차원문이 사라졌다.

사위가 쥐죽은듯이 조용해졌다.

천하를 진동시켰던 단 한명의 고수 위옌이 그렇게 무림사에서 영원히 자취를 감추는 순간이었다.

◆

"그럴수가…."

대혁은 입을 떡 벌리고 있었다. 평소 좀처럼 감정을 드러내지 않는 대혁이 듣기에도 놀랄만한 이야기였다. 자신 말고도 다른 행성에서 갖은 고생을 하다가 돌아온 사람이 있을 줄이야.

콜렉터가 비범한 기운을 풍겨내긴 했지만, 설마 그런 내력이 숨어있을 거라곤 감히 상상도 하지 못했다.

"벌써, 30년전 이야기네. 흘흘…."

콜렉터는 아무 일 아니라는 듯 말했다.

30년이라면, 지구에 몬스터가 나타기도 한참 전 이야기였다.

"그, 그게 가능한 겁니까? 인간의 힘으로 차원을 이동한다는 것이…."

"나는 분명히 당시 그렇게 생각했네. 하지만 그때보다 식견이 훨씬 넓어진 지금 되짚어 보면… 그건 결코 혈교 나부랭이들의 힘으로 이루어낸 것이 아니야. 아니, 혈교가 아니라 어떤 인간이라도 불가능 하겠지. 아마 그보다 훨씬 거대한 존재."

"거대한 존재라고 함은…?"

대혁이 조심스레 물었다.

5. 격파

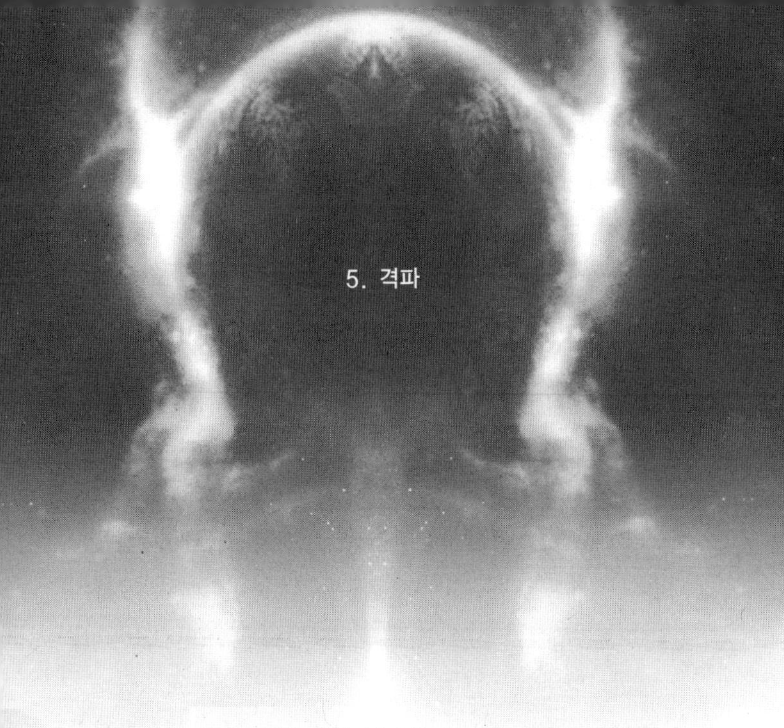

5. 격파

"나는 천마란 놈이 내가 무서워서 도망갔다고 생각했어. 하지만 지구로 돌아온 이후, 곰곰이 생각해보니 결코 그게 아니란 걸 깨달았네. 천마란 놈은 그 '무림'을 제 멋대로 주물럭거리던 인간이었거든."

"……."

"아마 그 놈이 모든 일의 배후가 아니었을까? 나를 그곳으로 불러들이고, 내가 돌아가는 길까지 안배했는지도 모르겠네. 뭐, 확실한 건 아니지만. 하여간 그 놈은 '인간'이 아니었을 거란 추측만 할 뿐일세. 지금에 와선 뭐든지 확실치 않지만. 흘흘."

대혁은 노바틱 행성의 주인 '길가메쉬'를 떠올렸다.

행성의 지배자. 행성에서 일어나는 모든 일들을 자신의 입맛에 따라 관리할 수 있는 존재.

아마 콜렉터가 말하고 있는 '천마' 라는 존재도 그 '길가메쉬' 같은 행성의 지배자일지도 모른다.

"어쨌든… 운이 좋게 차원문 즉 포탈이 그곳에 있어서 나는 지구로 돌아올 수 있었네."

"그렇군요."

돌아오는 방식에선 대혁과 조금 차이가 있었다. 대혁같은 경우는 노바틱 행성의 절대자인 '길가메쉬' 를 스스로의 힘으로 꺾어버렸다.

그리고 '행성의 주인' 자리를 양도한다는 길가메쉬의 말을 뿌리치고 한국으로 돌아왔다.

"그런데 '트리퍼' 라는 명칭이 있는 걸 보면 저희와 같은 사람이 또 존재하는 겁니까?"

"내가 알기로는 두엇 더 있지. 자네처럼 레버넌트와 깊숙이 관련된 자라면 아마 그 중 하나는 들어 봤을 거네."

"어떤…?"

"빌헬름. 보통은 중개자라고들 하지."

"아…."

중개인이라는 말을 들은 기억이 있다. 종현량과 오니켄에게서 들었던 이야기다. 힘을 가진 능력자들을 '신' 과 연결시켜주는 사람.

"천마같은… 그러니까 행성을 배후에서 조종하는 자들과,

초월자들을 연결시켜주는 능력을 한다네. 팬텀이나… 레이쓰, 레버넌트의 간부급 이상은 태반이 중개인을 거쳐서 그 조직원이 된 셈이지."

"그는 인간이 아닙니까?"

"인간일세. 말했듯이 우리와 같은 트리퍼라네."

"그렇다면, 왜?"

"왜 지구를 핍박하고 있는 '행성의 지배자' 를 돕고 있느냐고? 글쎄… 본인이 아닌 이상 알 수 없는 것 아니겠나."

"……그렇군요."

"나 역시 이 지구라는 행성에 큰 애착을 갖고 있네. 그렇기 때문에 무림에서 이곳으로 돌아온 거지."

"……."

"변명처럼 들릴지 모르지만 나는 늙었어. 자네 같은 젊은이를 보니 든든하네. 만일 내가 도울 수 있는 일이 있으면 모두 돕겠어."

"감사합니다."

"팬텀을 우습게 보면 안 돼. 또한 그와 밀접한 관련이 있는 '포식자' 도. 그의 강함은 트리퍼들과도 비견할만해."

"예, 주지하겠습니다."

"노친네의 노파심은 여기까지로 하지. 흘흘."

"여러가지로… 큰 도움이 될 것 같습니다."

"뭘… 이런 잔소리도 도움이 되었다면 다행이지. 그나저나 자네…."

“예.”

“마력이나 내력같은 게 아니라 다른 기운이 미미하게 느껴지는군.”

“예?”

“알다시피 나는 무림이란 곳에 있다왔어. 누구보다도 기의 흐름에 민감하지. 자네에게서 느껴지는 이 이질적인 기운은 뭐라고 설명해야 할까….”

백염을 두어 차례 쓰다듬던 콜렉터가 눈을 반개했다.

“그래. 천마의 거처. 그곳에서 느꼈던 기운과도 흡사하군.”

“…….”

대혁은 콜렉터가 무슨 얘기를 하는지 쉽사리 알수 없었다.

천마라면 무림이라는 곳의 지배자. 곧 길가메쉬와도 상통한 능력자라는 것이다. 그와 비슷한 기운이 자신에게서도 느껴진다?

대혁은 길가메쉬에게서 느꼈던 기운을 떠올렸다.

마나도, 내공도 아닌 이질적인 기운. 그것이 자신에게서도 느껴진단 말인가?

“무슨 얘기인지 알겠습니다. 새겨놓겠습니다.”

“그럼 가보게.”

대혁은 콜렉터에게 정중히 인사를 하고 밖으로 나왔다. 1층으로 내려가자, 흥겨운 음악소리가 나오고 있었다.

둥둥!

낮게 깔리는 비트와 영어로 된 가사를 숨도 쉬지 않고 뱉어내는 랩.

"여? 끝났어?"

어느새 옥토와 친해졌는지, 힙합노래에 맞춰 김과 옥토는 리듬을 타고 있었다.

"아, 오셨군요."

옥토는 민망했는지, 춤을 추던 자세 그대로 엉거주춤 멈춰서 말했다.

"예."

김은 여전히 안면에 두꺼운 철판을 깔고 춤을 추며 말했다.

"갈까?"

"그래. 우선은 페르낭을 먼저 보러 가지."

◆

"포식자가… 팬텀의 리더와 연관이 있는, 아니 연관을 넘어서서 포식자의 아들이라고? 팬텀의 수장이?"

페르낭 그라비가 다소 무거운 어조로 말했다. 김이 고개를 끄덕였다.

"대체 그런 허무맹랑한 정보는 어디서 입수한 거지?"

페르낭 그라비는 약간 공격적인 어조로 말했다. 허튼 소리다. 저 말을 곧이 곧대로 들어버린다면 머리가 빠개질

만큼 바빠질 허튼 소리다. 하지만 마냥 허튼소리라고 넘길 수 는 없다. 바로 어제, 페르낭 그라비 역시 팬텀의 움직임에 어떤 거대한 '모종의 이유'가 있다가 판단한 후였기 때문이다.

"콜렉터."

"……."

콜렉터라는 말에 페르낭 그라비의 입이 침묵했다. 언더월드. 그리고 콜렉터의 존재를 아는 몇 안 되는 인물 중엔 페르낭 그라비 역시 포함되어 있었다. 콜렉터가 취급하는 정보에 거짓이나, 신빙성이 없는 이야기는 없다. 다만, 콜렉터에게서 그 정보를 취득할 수 있는 과정을 거치기가 어려울 뿐이다.

"콜렉터가 어떻게 그 얘기를 해준 거지? 나 역시 콜렉터를 몇 번 찾아갔었지만… 팬텀에 대한 정보는 조금도 넘겨주지 않았었는데?"

김이 고개를 갸웃거렸다.

"글쎄? 아마도 이 친구 때문?"

김이 머리를 대혁쪽을 향해 눕혔다. 페르낭 그라비의 시선이 대혁을 향했다가, 다시 김을 향한다. 김이 입을 열었다.

"아, 글쎄 그 영감의 눈에 들었는지… 이 친구만 따로 남겨서 비밀이야기를 나눌 정도더라구."

"……."

"아마, 이 친구랑 같이 가지 않았으면, 그런 얘기도 못들었을지 몰라. 알잖아. 그 영감 여간 깐깐한 게 아닌 거. 이번에, 명목상이긴 했지만, 무려 내 시크릿로즈의 회원권 카드도 넘겨줬다고. 힝."

"포식자의 아들이라… 팬텀이 포식자의 아들…."

페르낭 그라비가 버릇처럼 책상을 톡톡 두드리기 시작했다. 김은 깜짝 이벤트를 준비한 장난기 섞인 얼굴로 첨언했다.

"그리고, 놈들이 탈옥시킬 준비를 하고있대."

"뭐엇?"

페르낭 그라비가 양손으로 테이블을 쾅 찍으며 일어섰다. 김이 화들짝 놀라 의자에 주저앉았다.

"에그머니! 깜짝이야!"

"그게 무슨 소리지? 탈옥시킬 준비를 하다니."

"콜렉터에 따르면, 아무래도 조만간 사고가 하나 터질 것 같아. 팬텀이 포식자를 밴프라이즌에서 꺼내려는 속셈인 거지."

밴프라이즌은 설립이후 지금까지 단 한 번의 탈옥도 허용한 적이 없었다. 밴프라이즌에 걸려있는 마방진과 대기중인 수많은 헌터들, 그리고 현대의 첨단 과학기술이 융합한 이 절지는 밴프라이즌의 교도소장이 입출을 허락하지 않는한 그 누구도 마음대로 들어갈 수 없고, 또한 누구도 절대 밖으로 나갈 수 없다.

그것은 글러트니가 수감된 이후, 지금까지 마찬가지지였다.

"그래서… 포식자 토벌대를 연쇄적으로 죽인 이유도 그래서였던 건가? 보여주기 위해서?"

페르낭이 부드득 이를 갈았다. 좀처럼 볼 수 없는 페르낭 그라비의 흥분한 모습에 김이 과한 제스쳐를 취하며 말했다.

"진정하라고."

"진정할 사안이 아니야. 하여간 고맙다. 이런 이야기를 해줘서."

"친구 좋다는 게 뭐냐?"

"……그래서 언제 움직일 거지?"

"뭘?"

"우대혁씨의 목적은 팬텀을 치는 것이 아니었나?"

"맞아. 음. 어? 그러고보니."

김이 대혁을 내려보았다. 페르낭 그라비 역시 대혁을 쳐다보았다.

"언제 가려고? 정보는 다 입수 했잖아."

대혁은 페르낭 그라비가 내어준 커피를 한 모금 홀짝 하고 대답했다.

"오늘 저녁."

◆

컨테이너 박스들이 레고처럼 쌓여있고, 그위로 어둠이 짙게 내려앉아 있는 뉴욕항.

허드슨강 어귀에 자리잡고 이곳의 일부엔 도시내로 마약을 들이는 카르텔이 똬리를 틀고 있었다.

페레스 곤잘레스.

콜롬비아 이주민 2세인 그는, 이 곳 항구의 숨통을 제 손아귀에 쥐고 있었다.

"빨리, 빨리 옮겨."

그는 언제나 현장에 나서서 직접 관리를 지시했다. 그의 말에 따라 컨테이너에서, 검은색 밴의 트렁크로 박스를 옮기는 사람들이 줄을 이었다.

밴은 몇 대나 줄지어서 서 있었고, 사람들 역시.

오늘은 보름에 한 번 있는, 도심 속 아지트로 마약을 옮기는 날이었다. 멕시코와 콜롬비아에서 들여온 마약은 이렇게, 항구의 컨테이너에 잠들어있다가, 다시 도시로 유입된다.

마약을 나르는 사람들은 모두 평범한 사람처럼 보이지만 사실은 그들 모두가 블랙헌터들이었다. 일찍이 헌터들이었지만, 제 능력이 그다지 특출나지 않음을 깨닫고 불행하게도 범죄로 길을 틀어버린 자들.

"그래, 옳지. 내 새끼들. 흐흐흐."

반면에 그들을 지휘하는 페레스 곤잘레스는 평범한 헌터는 아니였다. 그는 시작부터 특출난 능력을 가지고 있었다. 다만 그 특출난 능력으로, 더욱 탐욕스러운 욕망을 갈구했고, 그 욕망을 충족시켜줄 수 있는 길을 선택했을 뿐.

"이 정도면 보스도 만족하겠지."

페레스 곤잘레스는 이 카르텔의 리더지만, 그의 위에는 또 한 사람이 있다. 바로 팬텀의 수장. 페레스 곤잘레스는 사실 , 팬텀의 일원이었으며 그 하부조직으로 이 카르텔을 이끌고 있는 것이었다.

마약장사는 돈이 된다.

페레스 곤잘레스는 팬텀의 돈줄 중 하나이기도 했다. 물론 그가 가진 능력도 부족하진 않다.

왈! 왈!

페레스 곤잘레스가 마약을 운반하는 조직원들을 독려하고 있는데, 개가 짖었다. 두 마리의 케인코르소였다. 그가 애지중지 하는 이 개들은 도그쇼에 나가 우승한 경력이 있을 정도로 우수한 종자였다. 케인코르소는 컨테이너의 뒤편을 향해 짖었다.

"왜, 그러니? 내 새끼?"

페레스 곤잘레스가 짖고 있는 케인코르소 가까이 다가갈 때였다.

펑!

작은 폭발이었다. 라이타 서너 개를 모아놓고 돌로 찍어 터친 정도의 크기.

그런 폭발이 갑작스럽게 케인코르소의 머리에서 일어났다. 케인코르소의 머리가 터져 나가고, 짖는 개의 소리도 자연히 뚝 멈췄다.

몸만 남은 케인코르소가 차가운 바닥위로 몸을 눕혔다.

잘린 목에서 계속해서 핏물이 흘러나왔다.

"이… 이…."

페레스 곤잘레스는 충격에 말을 잃고 천천히 손을 뻗고, 케인코르소의 사체를 향해 걸어갔다.

회생의 여지가 없이, 머리가 파편화 된 것을 본 페레스 곤잘레스는 분노에 찬 고함을 질렀다.

"어떤 자식이냐아-!"

마약을 운반하던 블랙헌터들의 시선이 이쪽으로 모여든다.

컨테이너의 뒤 쪽에서, 남자 둘이 나온다.

하나는 얼굴에 피어싱을 잔뜩 한 , 껄렁해 보이는 남자.

다른 하나는 남자답게 생긴 얼굴에 어깨가 넓고, 건장한 남자.

"네놈들은…?"

"안녕? 페레스 곤잘레스씨?"

껄렁해보이는 남자. 김이 유들거리며 말했다.

"죽여!"

페레스 곤잘레스가 소리쳤다.

마약을 나르던 블랙헌터들이 박스를 내려놓고 두 사람을 향해 달려들기 시작했다.

〈5권에서 계속〉